Future Fiction

Collana diretta da

Francesco Verso

Lo specchio brillante

Le donne del solarpunk globale

A cura di Francesco Verso

Associazione culturale Future Fiction
Via Valentiniano 40 – 00145 Roma
P. IVA 15586791004

I diritti d'autore per i singoli racconti sono di proprietà dei rispettivi autori.

Copyright © 2023 Future Fiction
Sito web: futurefiction.org

Tutti i diritti riservati. Nessuna parte di questa pubblicazione può essere riprodotta, distribuita o trasmessa in qualsiasi forma o con qualsiasi mezzo, inclusa la fotocopia, la registrazione o altri metodi elettronici o meccanici, senza previa autorizzazione scritta dell'editore, tranne nel caso di brevi citazioni contenute in recensioni critiche e alcuni altri usi non commerciali consentiti dalla legge sul copyright.

Titolo: *Lo specchio brillante – Le donne del solarpunk globale*
© 2023 Future Fiction, Roma
I edizione novembre 2023
info@futurefiction.org
ISBN: 9788832077896

Il solarpunk è intrinsecamente speranzoso in quanto pone l'accento sul potenziale degli individui di generare un cambiamento positivo. Tuttavia, è importante capire che tale speranza è subordinata al fatto che l'umanità abbracci cambiamenti innovativi, pionieristici, ambiziosi e, a volte, conflittuali, riguardanti il modo in cui viviamo e, di conseguenza, di come trattiamo il nostro pianeta. In questa raccolta di racconti, le autrici sottolineano con forza questa verità. I brani qui contenuti – tutti scritti da autrici provenienti da diverse parti del mondo, molte delle quali non scrivono in inglese – ci invitano a immaginare un futuro in cui il pianeta si è adattato a varie sfide e crisi, siano esse legate alla tecnologia, al clima, alla produzione di cibo e/o alla sostenibilità ecologica. Ne consegue che le storie contenute ne *Lo specchio brillante* sono profondamente politiche, soprattutto per il modo in cui esplorano le possibilità di costruire alternative energetiche flessibili, eque e locali, adesso e oltre l'era del tardo capitalismo. Ma ogni futuro potenziale viene reinventato in modo diverso, presentando al lettore un caleidoscopio di scenari ricchi di immaginazione e spunti di riflessione.

Naturalmente, le descrizioni di energia legata al solare sono fortemente presenti in queste opere. Le autrici sfidano il lettore a immaginare un futuro più equo, sostenibile e pulito, la cui chiave sembra risiedere principalmente nello sviluppo di infrastrutture energetiche non centralizzate e rinnovabili che considerino la tecnologia senza combustibili fossili realizzabile e accessibile a tutto il mondo. Questo è un tropo fondamentale del solarpunk. Infatti, riflettendo sulle tecnologie inventive proposte da questo genere, Williams[1] ci ricorda che "il sole tocca tutti". Tuttavia, le storie variano in termini di presentazione dei potenziali modi di essere alternativi che devono emergere – e presto – se vogliamo trasformare le visioni di un futuro più luminoso in realtà vivibili. In questo modo, ogni autrice rende onore a un'importante estetica del genere, come identificato in "Solarpunk: Notes Toward a Manifesto"[2], dove si afferma che:

Il solarpunk consiste nel trovare modi per rendere la vita più meravigliosa per noi in questo momento e, cosa più importante, per le generazioni che ci seguiranno, vale a dire estendere la vita umana a livello di specie, piuttosto che individualmente. Il nostro futuro deve prevedere il riutilizzo e la creazione di cose nuove da ciò che già abbiamo (invece del modernismo del XX secolo "distruggi tutto e costruisci qualcosa di completamente diverso").

In un certo senso, quindi, il genere racchiude in sé una reazione contro il pessimismo dell'attuale narrativa sul clima e, più in generale, della narrativa distopica, che tipicamente descrive scenari apocalittici terrificanti e in apparenza ineluttabili, caratterizzati da disastri climatici, economici, tecnologici e/o sociali. Come ha osservato Hamilton[3]:

Si tratta di storie di fallimenti, di catastrofi e di crolli sociali... Chi segue il solarpunk sostiene che il problema di immaginare un futuro così oscuro (o, se per questo, nessun futuro)

---

1 Williams, R. (2018, March 10). "Solarpunk: Against a Shitty Future,". *Los Angeles Review of Books*. https://lareviewofbooks.org/article/solarpunk-against-a-shitty-future/
2 Flynn, A. (2014, September 4). "Solar Punk: Notes Toward a Manifesto". *Hieroglyph*. https://hieroglyph.asu.edu/2014/09/solarpunk-notes-toward-a-manifesto/
3 Hamilton, J. (2017, July 20). "Explainer: Solarpunk, or How to be an Optimistic Radical. *The Conversation*. https://theconversation.com/explainer-solarpunk-or-how-to-be-an-optimistic-radical-80275

è che, sebbene il fallimento possa essere catartico, impedisce la possibilità di pensare a delle alternative.

Al contrario, il solarpunk ci incoraggia ad abbracciare un tipo di pensiero rivoluzionario necessario a costruire modi di vita più ecologici e socialmente giusti.

Gli ambiti tematici di questa raccolta sollecitano il lettore a testimoniare le qualità uniche della narrativa solarpunk, insieme all'etica dell'ottimismo di cui è intrisa. In definitiva, ogni storia ci ricorda che è possibile apportare i cambiamenti radicali utili a vivere in maggiore armonia con la Terra e con gli ecosistemi interconnessi che essa sostiene. In questo senso, i racconti de *Lo specchio brillante* sono molto stimolanti.

Far parte del processo editoriale di un'opera di narrativa è un grande privilegio e vorrei cogliere l'occasione per esprimere la mia gratitudine a Francesco Verso per avermi invitato a contribuire a questo progetto. Sono particolarmente grata di far parte di un'iniziativa letteraria che offre scorci di un futuro migliore, in cui l'umanità è abbastanza coraggiosa da realizzare un cambiamento significativo e di vasta portata. Come scrive Rupsa Dey nel suo racconto *Al di là della giustizia*: "Ci vuole coraggio per avere fede...". A questo proposito, che la luce della resilienza e dell'ingegno umano possa risplendere!

Eileen Herbert-Goodall

La rete di Indra

di Vandana Singh

traduzione di Gabriella Gregori

Vandana Singh è nata e cresciuta a Delhi e attualmente insegna e scrive nei dintorni di Boston. I suoi racconti di fantascienza sono stati editi in molte pubblicazioni, tra cui diversi volumi "Year's Best", ed è autrice di due raccolte che hanno ricevuto il plauso della critica: The Woman Who Thought She Was a Planet and Other Stories *(Zubaan/ Penguin India, 2008/2013) e il più recente* Ambiguity Machines and Other Stories *(Small Beer Press, USA e Zubaan Books, India, 2018) finalista per il Philip K. Dick Award. È anche autrice di due libri per bambini su un eccentrico personaggio di nome Younguncle. Nella sua vita accademica è un ex fisico delle particelle che attualmente fa ricerche di climatologia all'intersezione tra pedagogia e sviluppo sociale. Potete trovare maggiori informazioni su http://vandana-writes.com/. Il racconto* La rete di Indra *è apparso per la prima volta su* TRSF: The Best New Science Fiction *(2011).*

Mahua correva sul solito sentiero costellato di pietre sotto la copertura delle acacie, il respiro rapido e irregolare. Presto avrebbe dovuto fermarsi, non era più giovane come una volta e sentiva un lieve dolore persistente al ginocchio destro – ma amava questa fisicità: il cuore che batte, il sudore che scorre a rivoli sul viso, la foresta che odora di linfa ed escrementi animali, la sabbia sulle labbra per via della polvere. Era nella foresta che aveva le idee migliori, un'eterna fonte di ispirazione. Era il motivo per cui il suo lavoro era riconosciuto in tutto il mondo. Ma alla foresta non importava di fama e ricchezza – qui era solo un altro animale: respiro e flusso, un nibbio in volo, un cervo che corre.

Mentre correva, le piaceva ascoltare le chiacchiere della rete che uscivano di continuo dalla Conchiglia nel suo orecchio: Salman che controllava la nuova rete, Varun e Ali che informavano sulle colonie di pesce nelle paludi artificiali vicino al fiume, il monitor del dottor Sabharwal che trasmetteva le condizioni di nonna in ospedale: stabile, stabile, stabile, ancora attaccata alle macchine.

Pensare all'ictus di sua nonna la faceva sentire come se stesse per cadere in un abisso di disperazione; si distrasse ricordando a sé stessa di aver promesso a Namita che avrebbe provato l'app musicale miconet durante la corsa di quella mattina.

"È solo per divertimento, Mahua-di, ma provala, ti piacerà."

Erano così preoccupati per lei, questi giovani, sapendo che non era propriamente sé stessa in quei giorni. Commossa e ingiustamente seccata dalla loro preoccupazione, aveva passato alcune ore con loro nel laboratorio Biosystems per imparare a usare la app...

C'è una rete fungina, una miconet, una connessione segreta tra le piante della foresta. Si parlano l'un l'altra, l'acacia e il palissandro Shisham e l'albero di fuoco, in una lingua chimica. Comunicano sui parassiti, le fonti di cibo, il tempo, il tutto grazie al flusso di biomolecole attraverso le ife fungine. Sappiamo che, usando questa rete, grandi piante hanno addirittura condiviso le sostanze nutritive con gli arboscelli della stessa specie. La protetta di Mahua, Namita, fa parte del team che ha aiutato a decifrare (per quanto sia possibile agli esseri umani) questo linguaggio discreto. Hanno piantato sensori nel suolo della foresta per catturare alcuni di questi scambi chimici tra piante. I segnali vengono ritrasmessi all'interprete e poi analizzati. Alcuni membri del team hanno creato musica con i segnali: convertono la concentrazione di un dato trasmettitore biochimico trasformandola in tempo reale in una successione di note in cui la durata indica l'intensità del trasmettitore. Aggiungendo qualche altro segnale come suoni di frequenza leggermente diversa si ottiene un brusio, a volte musicale, allo stesso tempo rilassante e affascinante. Per Mahua è una cosa nuova e non l'ha mai provata nella foresta prima. Ha sempre incoraggiato il gioco nella loro ricerca – non è solo divertente ma importante, *dice loro – il gioco porta a nuove intuizioni, smuove idee preconcette.. E adesso hanno* bisogno *del sollievo dato dal gioco, dopo aver passato gli ultimi mesi calcolando e mettendo a punto la prima rete energetica intelligente di Ashapur, sul modello proprio della miconet.*

Mahua aprì la app. Mentre correva raccolse informazioni dai sensori più vicini in modo da avere una 'immagine' che mutava nel tempo e nello spazio. All'inizio non sentì nulla se non la semi-musica rilassante dei vari toni. Poi arrivò la sorpresa: una strana sensazione, quasi una vertigine, una specie di slittamento, come se si stesse lasciando il suo sé umano alle spalle, dissolvendosi in qualcosa di infinitamente vasto. Era come guardare la Via lattea dalla cima di un'alta montagna in una notte limpida. Era sempre stata veloce nell'individuare reti di relazioni – era la sua abilità specifica, dopotutto – ma questo era diverso. Fu percorsa da una sensazione simile a una scossa elettrica, un lungo momento di riconoscimento, come se la sua mente profonda conoscesse già questa struttura. L'effetto fu così sorprendente da farla inciampare su una radice. Poi la Conchiglia le fece bip con urgenza nell'orecchio e l'incantesimo si spezzò.

Era Salman con un avviso: Suntower 1 aveva smesso di funzionare. C'erano fluttuazioni casuali in tutta la nuova rete energetica che nessuno riusciva a spiegare, disse Salman, senza fiato. Sembrava probabile che Suryanet, così faticosamente messa a punto negli ultimi mesi, il risultato di anni di sforzo, su cui tutti facevano affidamento per la sopravvivenza di Ashapur e forse della stessa biosfera – che Suryanet potesse essere un fallimento spettacolare.

Una delle cose che Mahua aveva imparato da sua nonna era che quando si presentava un problema, a meno che non richiedesse attenzione immediata, era bene rallentare e divagare un po'. Così gironzolò sulla cima del crinale, dove l'altitudine le permetteva di vedere Ashapur in tutta la sua gloria.

In passato era una baraccopoli che stava ai bordi di Delhi come una piaga. Negli ultimi dieci anni il progetto Ashapur l'aveva trasformata. I gruppi di baracche di cartone e latta erano stati sostituiti da abitazioni costruite in gran parte dagli stessi residenti con materiali tradizionali: una miscela indurita di fango, paglia e lolla di riso rifinita con un intonaco a base di calce. Usato per migliaia di anni, poi dimenticato e riportato in uso nel XX secolo dal architetti visionari come Laurie Baker, fino ad allora il materiale era sopravvissuto a quasi dieci anni di temperature altissime e piogge monsoniche. I residenti erano in gran parte abitanti originali della baraccopoli, profughi ambientali dei villaggi sommersi della costa del Bangladesh, che erano stati trasformati dal progetto Ashapur. Quando Mahua guardava Ashapur da questa altezza vedeva più che altro un tappeto irregolare verde e argento: giardini pensili interrotti dallo scintillio dei pannelli solari e corridoi di piante autoctone, neem, alberi di Loong, alberi di fuoco, che scendevano la collina dalla sua foresta come arterie verdi attraverso l'insediamento.

Sopra quella vista si ergevano le torri solari come un sogno surrealista: quattro funzionanti e la quinta in costruzione, le cime con una corona di petali che seguono il sole composti da un materiale biomimetico contenente minuscole cellule artificiali ecologicamente innocue, i suryoni, che assorbivano fotoni. L'impianto più grande e più vecchio era Suntower 1, ora misteriosamente moribondo. Ashapur era quasi autosufficiente in quanto a cibo ed energia e, con la nuova rete, la Suryanet, avrebbero dovuto essere in grado di *donare* energia alla rete di Delhi, mettendo così a tacere i disfattisti e stabilendo la necessità di mille Ashapur. Quattro impianti solari che creano idrogeno dalla scomposizione dell'acqua – impianti di biogas alimentati con le acque nere – enormi risparmi energetici nella costruzione e disposizione degli edifici (nessuno di essi aveva bisogno di aria condizionata) – molti tetti con pannelli solari – risparmi energetici ancora maggiori dati dal fatto che questi ex abitanti di villaggio erano tradizionalmente a basso consumo: vivevano in gruppo, non gettavano nulla, riutilizzavano praticamente tutto. E tutte le fonti energetiche erano adesso connesse nella Suryanet. Eppure...

Prese la strada lunga per andare a Suntower 1. Aveva sempre trovato rilassante camminare per Ashapur. Le strade strette non erano costruite con uno schema rettangolare ma si incurvavano, muovendosi con naturalezza attorno a un vecchio fico sacro o a un'abitazione antica. I suoi progettisti avevano mantenuto la vecchia pianta stradale della baraccopoli originale ma l'avevano migliorata, lasciando spazio perché le persone potessero incontrarsi davanti a questa chai-house o in quella nicchia, in modo che le vecchie potessero spettegolare e tenere d'occhio i bambini, e le mucche randagie e i cani paria avessero spazio per riposare. Qui, proprio all'angolo che stava passando adesso, tra un internet café e un centro di ricerca agricola – qui è dove un potenziale investitore straniero l'aveva fermata sei anni prima. "Non capisco," aveva detto, "perché questa città è così disordinata. Non c'è ordine, non c'è una griglia vera e propria per le strade.

Sembra molto poco efficiente. E le strade sono troppo strette per il flusso del traffico! Dove sono le vostre auto?"

Per rispondere a questo tipo di cose il suo team per i finanziamenti aveva creato una presentazione, per mostrare come la funzione ottimale cittadina fosse raggiunta meglio con una connettività su scala multipla. Pochi percorsi ampi, più distanziati, per le auto, altri più densi e piccoli per le persone. E anche per altri animali oltre che le persone, i corridoi verdi che si ramificavano nella città, mantenendo la biodiversità e i benefici psicologici della vicinanza con la natura offrendo nel contempo ad Ashapur estati più fresche, forniture stagionali di frutta e noci e materiale grezzo per una nuova attività artigianale.

Adesso stava entrando nella Centrale energetica, l'edificio sotto Suntower 1. Era fresco qui – lo garantivano gli spessi muri in fango – e la scala ricurva con i suoi murales non forniva indizi sui problemi di Suntower 1, che si ergeva alta sopra il tetto. Sulla porta del laboratorio c'era il vecchio cartello che Salman aveva creato incoraggiando del muschio color verde vivo a crescere su una tavola di terriccio in modo da scrivere il motto del Laboratorio sui Materiali Energetici Biomimetici: *Per imparare dalla natura, non per sfruttarla*. I colleghi avevano preso in giro Salman sull'ironia di sfruttare il muschio per scrivere quelle nobili parole, ma il muschio sembrava aver deciso da sé. Diceva "Per imparate dalla natur, non per ruttar", il che la faceva ancora sorridere.

All'interno c'era una fioca frescura e il bagliore di vari terminali. C'era una riunione in corso, caotica e appassionata come sempre. Litigi e discussioni in hindi, inglese e bengali: Salman, tutto preso in un'agitata conversazione con Namita e Ayush; Hamid, un giovane tirocinante che da bambino aveva chiesto l'elemosina per strada, che spiegava con pazienza la situazione al ragazzo che aveva portato il tè. Mahua si fermò appena all'interno della porta, senza farsi notare, lasciando che le parole le fluissero attorno, sentendo la rete di idee e sentimenti che infuriavano nella stanza.

"...nessuna garanzia che modellare Suryanet sulla miconet funzionasse – perché rischiare tutto su un'idea folle?"

"...calcoli, ti sei dimenticato che abbiamo fatto l'intera analisi construttale? Inoltre, le reti a invarianza di scala sono ovunque..."

"Nessuno ha messo in rete un sistema basato sui suryoni prima o gli ha permesso di autoregolarsi! C'erano modi più sicuri di farlo, modi migliori! Ma no, avete dovuto insistere sul controllo minimo! Sono i sistemi a controllo centralizzato che fanno funzionare tutto!"

"Yaar, piantala di fare il maniaco del controllo, OK? Stiamo solo imitando i sistemi naturali di controllo che esistono in natura. Smettila di agitarti, ovviamente c'è un bug da qualche parte nel sistema."

"...la torre solare più vecchia, versione beta dei suryoni, è destinata a guastarsi..."

"...non *così* in fretta, idiota..."

Chanchal, da uno dei terminali: "Salman, guarda cosa sta succedendo alle altre torri solari! Il prelievo di energia è ora sopra media del 7 per cento nella 2, 3 e 4! Ma... dekho, capo! Questi numeri! L'ingresso è maggiore dell'uscita. C'è un grosso bug da qualche parte!"

"Oppure l'energia non viene più conservata," disse qualcuno, mentre si muovevano in massa verso il terminale.

Mahua si ritrovò a essere curiosamente distaccata dal caos. Un allarme suonava ripetutamente nel laboratorio, simile a quello del monitor nella stanza d'ospedale di sua nonna.

Si sta ricordando la prima volta che incontra questi giovani in vari college e università, quasi dieci anni fa. Sono destinati ad avere una brillante carriera come ingegneri, manager, CEO, i visi all'insù curiosi, scettici, educati. Non ha nulla da offrire loro perciò dà tutta sé stessa.

"Sono venuta a mani vuote," dice. "Non posso offrirvi molti soldi. Non posso offrirvi grandi case, due macchine, cinque condizionatori. E nemmeno uno stile di vita cosmopolita con le sue riunioni transcontinentali, la moglie o il marito che alla fine vi tradirà, i figli che vi faranno impazzire. Quello che vi posso offrire è la possibilità di fare parte di una rivoluzione. Una rivoluzione che potrebbe salvare la nostra terra dall'emergenza climatica. Una che non solo presenta nuove tecnologie ma anche nuovi modi di vivere che sono molto più completi e profondi e soddisfacenti di qualsiasi altra cosa conosciate. Molti di voi si sono goduti il college. Siete i migliori di tutti, quelli per cui l'istruzione è una droga, così come la compagnia di menti affini. Il progetto Ashapur è come il college, solo che avrete la possibilità di imparare facendo, e di fare del bene in quantità molto maggiore di quanto potreste con la vita che avete davanti al momento. Provvederemo noi ad alloggio e assistenza medica e riceverete il mio stesso stipendio. Cioè non molto. Ma vi alzerete ogni mattina sapendo che alla fine della giornata avrete fatto una nuova scoperta, avrete un nuovo amico, un nuovo modo di guardare il mondo. Distruggerete vecchi paradigmi quasi tutti i giorni. Ve lo prometto. Siete con me?"

Alcune delle facce sono incredule, addirittura beffarde, ma ce ne sono altre che si illuminano. È riuscita a trovare ascolto. Lascia andare un breve sospiro di sollievo.

Adesso pensava: a conti fatti li aveva traditi? L'avrebbero perdonata, se questo si fosse dimostrato il disastro che aveva sempre temuto?

Alla fine la notarono, la circondarono, la tirarono davanti agli schermi, le presentarono le proprie argomentazioni. "Sentite," disse lei infine. " Sapete come controllare tutto secondo i protocolli. Fatelo. Poi proponete qualche idea folle e riorganizzate le possibilità, ma non cedete al panico. Possiamo sopravvivere a un paio di guasti, in fondo siamo cresciuti in questo modo. Sembra che l'ospedale abbia abbastanza energia al momento, lo stesso per la maggior parte dei luoghi essenziali. Assicuratevi che i generatori di riserva funzionino e aspettate."

La madre, ormai morta da tempo, aveva dato a Mahua questo nome perché era nata sotto una pianta di mahua sulla via per Delhi. Le due donne – madre e nonna – erano emigrate dal loro villaggio nel Bihar dopo la morte di suo padre. Era cresciuta nelle baraccopoli, dove sua madre era morta quando Mahua aveva undici anni, solo tre mesi prima che la loro fortuna girasse.

Così sono rimaste Mahua e la nonna, che adesso vive in un letto d'ospedale dopo un ictus, tenuta in vita dalle macchine che la circondano. La donna con il caratteraccio e la fragorosa risata, che aveva sempre qualcosa da dire, adesso guarda Mahua con occhi spalancati e spaventati. Non può parlare ma può gracchiare un po'. A volte giace tranquilla mentre Mahua le tiene la mano, ma altre volte sembra provare a dire qualcosa. Mahua, che riesce a vedere le connessioni con un'abilità che a volte la spaventa, non riesce a capire cosa sua nonna sta tentando di dire. Cerca di rassicurarla – ci sono molte tecniche nuove che i chirurghi vogliono provare. C'è speranza.

Quando era bambina Mahua seguiva le formiche mentre si spostavano deliberatamente sul pavimento di terra della stanza. Voleva sapere dove stessero andando così di fretta e se le loro pause brusche e le antenne che si muovevano frenetiche avessero un significato nascosto. Più avanti si rese conto che le formiche seguivano tracce invisibili sul pavimento – che il mondo era pieno di canali di comunicazione segreti, come i cavi elettrici tra i pali che si ergevano sopra le case popolari. Era come se dentro di lei si fosse aperto un senso interiore perché, dopo quella comprensione, fu improvvisamente conscia di camminare attraverso una ragnatela ingarbugliata di relazioni. Le vecchie che spettegolavano sedute attorno alla macchina da cucire di sua nonna, chiacchierando di una cosa e dell'altra, parlavano anche con occhiate significative e gesti dei pugni oltre che con le voci incrinate – il modo in cui le persone si guardavano a vicenda, per indicare sentimenti e relazioni, come le persone parlavano, tanto con i loro silenzi che con le parole. Anche i venti che portavano i monsoni avevano una specie di schema o ciclo, una rete sia nel tempo che nello spazio. Fu deliziata da questa scoperta, ma al tempo non la comprendeva.

Le piccole stradine della baraccopoli sono come ragnatele, si intersecano con angoli strani, si curvano attorno ai gruppi di baracche, come un corso d'acqua. Ovunque ci sono persone e odori e qui e là un internet café o un chiosco che vende bibite o chaat. In questo disordine e confusione qualcuno ha messo un computer nella nicchia di un muro e i bambini di strada ci giocano tra la scuola, le commissioni e il lavoro. Dopo lungo tempo ha trovato il coraggio di avvicinarsi all'invitante schermo lucido, la tastiera dove le lettere sono in hindi – grazie al cielo sa leggere – ma lo schermo stesso ha una quantità di oggetti che fluttuano, volteggiano e si uniscono quando si incontrano. Lo guarda, ipnotizzata, e dopo un po' prova esitante a premere un tasto. Tre giorni dopo ha imparato che può salvare la partita con il suo nome. Continua a giocare. In un modo strano ha senso come la vita nella baraccopoli abbia un senso. È uno schema e un ritmo, anche se per lungo tempo non conoscerà queste parole. Alla fine di questo periodo c'è una persona alla sua porta e una borsa di studio per andare in una scuola molto buona con alloggio per lei e per sua nonna e l'assistenza dello Slum Children's Education Trust che è popolato da ziette gentili.

A tredici anni Mahua si ammalò. Lei stessa fece la diagnosi di attacchi d'ansia causati da apofenia acuta. Essendo diventata sensibile alle reti e alle relazioni, vedeva connessioni ovunque, anche quando in realtà non erano presenti. La cosa la faceva impazzire ma non voleva prendere medicine per sopprimere la sua abilità nel riconoscere gli schemi. Decise invece di allenare la propria mente a distinguere le false connessioni apparenti da quelle vere – l'unico modo per farlo era studiare il mondo. Con questa determinazione e la nuova scuola, con le sue nuove ragazze ostili e altezzose e la sua rigida routine, si trattava di trovare il grano nella pula, i lampi di gioia nell'infelicità.

Per esempio: la signora Khosla che presenta il concetto di energia nel suo solito tono monocorde. Una classe piena di bambini annoiati e solo Mahua si siede dritta, capendo che le avevano appena dato la chiave d'oro, il concetto centrale, ciò attraverso cui l'intero universo interagiva, la moneta di tutte le comunicazioni. Energia! E la legge della sua conservazione. Tutti i sistemi reali erano governati da leggi fondamentali che agivano come vincoli. Ecco come distinguere le relazioni apparenti da quelle reali!

Ma mentre sta in piedi nella stanza d'ospedale guardando la nonna (la vecchia è resa quasi aliena dai tubi e cavi del supporto vitale), sente di aver fallito, in fin dei conti. A cosa serve essere in grado di sentire schemi e relazioni se non riesce a capire quel che vuole dire sua nonna? Domani proveranno di nuovo con le palpebre per vedere può imparare a comunicare in quel modo. Ma la vecchia, sempre testarda, apparentemente si rifiuta di collaborare. Cosa vuole? Di certo non la morte, non prima di aver esplorato tutte le opzioni. Sua nonna ha una tale voglia di vivere. Ha aperto una piccola ditta tutta sua a settantatré anni, facendo pentole per sobbollire. Sono pentole fatte di fango e paglia più o meno come i muri delle case ma in proporzione diversa – ed è uno dei motivi per cui ad Ashapur si usa così poca energia. Cucini il tuo stufato o il tuo curry sul fornello per due minuti, finché non bolle lentamente come si deve, e poi lo levi dal fuoco e lo metti nella pentola per sobbollire. La pentola è un isolante talmente buono che il cibo continua a cuocere per ore. Non è un'invenzione di sua nonna – nel villaggio l'hanno usata per secoli. Ma qui solo sua nonna e una manciata di apprendiste sanno come farle e, quando giri per Ashapur, vedi pentole per sobbollire ovunque, sui davanzali delle cucine e nelle ampie sale da pranzo comuni. E la donna che le ha rese popolari e indispensabili, che aveva una tale vivacità a ottantuno anni da poter spettegolare senza sosta con la vicine fino alle tre di notte, adesso giace attaccata alle macchine come una prigioniera, con la morte negli occhi.

Mahua finalmente lo ha visto. Sua nonna vuole morire.

Quella sera Mahua va a passeggiare per le strade di Ashapur, seguendo un'intuizione.

Davanti a lei c'è Suntower 5. Sebbene fisicamente connessa alla rete, è ancora in costruzione: solo le strutture scheletriche dei petali sono complete, i tubi attraverso cui verrà prima o poi pompato il substrato che contiene i suryoni. C'è un ragazzo assonnato nella sala controllo, uno degli ex monelli da strada a cui è stato assegnato il compito di custodi notturni. Dopo avergli scompigliato i capelli e averlo mandato a prendere del tè, Mahua si siede davanti al computer. Suntower 5 è il progetto più nuovo, l'architettura della distribuzione di suryoni è talmente complessa e piena di bug che ci vorrà un po' per implementarla. Da quanto è iniziato il lavoro sulla rete molti mesi fa, nessuno è stato in grado di occuparsi di Suntower 5.

Non ci vuole molto a Mahua per zoomare sull'immagine di un petalo in cima alla torre. All'inizio vede solo lo scheletro ma là, tra i supporti, c'è un nuovo tegumento delicato, simile a un pizzo. I suryoni si stanno distribuendo, riempiendo gli spazi vuoti. In qualche modo Suryanet non solo ha deciso che Suntower 5 deve essere operativa, ma le ha anche assegnato delle risorse, che è il motivo per cui Suntower 1 – la più vecchia e meno efficiente – si è disattivata. Temporaneamente, forse, ma chissà? Una rete abbastanza complessa può creare una sua propria saggezza? Manda un suggerimento al team a Suntower 1. Per domattina avranno capito cosa fare. Sorseggia il suo tè, parla con il guardiano assonnato. Poi esce di nuovo nella notte, pensando alle reti in cui esiste e a come domani un nodo principale dal quale dipende la sua stessa vita verrà disattivato per sempre. Pensa alla foresta sul crinale. La foresta continua a vivere perché accetta la morte – con ogni rametto che cade, con ogni formica che incontra la propria distruzione, mille forme di vita nascono. Là cammina il pericolo perciò i suoi abitanti imparano ad adattarsi; anche qui dobbiamo ricostruire noi stessi, ridefinirci di nuovo a ogni perdita, ogni incontro. Ricorda una storia che le aveva raccontato una volta la nonna sulla Rete di Indra, la rete cosmica assoluta in cui ogni nodo rispecchia l'intero.

Nel silenzio del crepuscolo ci sono suoni assonnati di uccelli che si sistemano sugli alberi, una famiglia di macachi chiacchiera sottovoce nel giardino pensile sopra di lei. Una radio trasmette la canzone di un vecchio film, molto piano. È una notte calda; qualcuno ha acceso un refrigeratore evaporativo, il suono della ventola quasi sovrasta il ritmico gocciolio dell'acqua. Se vuole, la Conchiglia può raccogliere i dati energetici dai sensori posti in ciascuna abitazione. Ama questo connubio tra tradizionale e nuovo, foresta e città, questo grande esperimento, questa meraviglia che è Ashapur, Città della Speranza.

Il fantasma di casa Dzablui

di Cheryl S. Ntumy

traduzione di Francesca Secci

Cheryl S. Ntumy è originaria del Ghana e ora vive in Botswana. È stata pubblicata nelle antologie The Goddess of Mtwara and Other Stories *(2017),* Botswana Women Write *(2019),* We Will Lead Africa Volume 2: Women *(2019),* Will This Be A Problem: The Anthology #4 *e* Breathe *(2020). È stata selezionata per il Commonwealth Short Story Prize nel 2018 per il racconto* Empathy *e ha vinto una borsa di studio per la scrittura della Fondazione Miles Morland nel 2019. Altre sue pubblicazioni includono* Crossing *(2015) e i volumi della trilogia* A Conyza Bennett Story: Entwined, Unravelled *e* Crowned.

La proprietà che sono stata incaricata di ispezionare ha più di cinquant'anni, mura crepate e soffitti cadenti, tubi rotti in maniera irreparabile. Lo stile, una terribile accozzaglia vintage tra castello inglese e capanna di paglia, è fuori luogo nella metropoli di Ashanti, dove quasi tutte le proprietà sono edifici circolari a più piani rivestiti di pannelli solari e giardini verticali.

Ospita quattrocento inquilini, principalmente studenti. In maggior parte si sono già disconnessi dalla proprietà, ansiosi di essere ricollocati in case più nuove e più efficienti. Non c'è aria di sentimentalismo, solo il pragmatismo lodato come il miglior tratto di Ashanti. La proprietà ha dei dolori, i muri appesantiti da respiri difficoltosi, e quindi non provo nessun rimorso mentre mi rivolgo al robot che rotola accanto a me e dichiaro: "Inadatta all'abitazione secondo l'Articolo 7, comma c."

L'IA fa un bip, registrando la mia affermazione. "Grazie, Ispettore. Azione proposta?"

Il mio comunicatore mi suona nell'orecchio. "Interrompi la valutazione." L'IA si blocca mentre prendo la chiamata senza preoccuparmi di controllare da chi provenga. "Sono Yayra." Il mio sguardo vaga per le macchie d'umidità sul soffitto crepato.

C'è un momento di silenzio, e poi: "Hai una voce diversa."

Mi si stringe lo stomaco per il panico. Riconosco la voce, nonostante il passare del tempo. "Asiwome?"

"Dzablui sta morendo," dice lei. "Suppongo che sia troppo lontano perché persino tu lo senta."

La fitta di tristezza mi sorprende. Non le dico che nelle ultime notti ho sentito deboli ondate di disagio da Volta-Mente. Non le dico come le abbia volute ignorare, perché non è più compito mio preoccuparmene. "Mi... mi disp..."

"Nessuno di noi può avvicinarsi abbastanza per aggiustarla. Il dolore...," Si schiarisce la gola. "Sei la sola che ne abbia la possibilità. Verrai?"

So quanto deve essere difficile per lei chiederlo dopo tutti questi anni, e non posso reprimere il trionfo che mi attraversa. "Sei sicura di volere il mio aiuto?"

"Se sei troppo occupata...," È una cattiveria. Io occupata? Non ho famiglia, né amici. Nessun legame.

"Certo che no. Dammi qualche giorno per organizzarmi. Mi farò sentire io."

"Grazie." Termina la chiamata senza congedarsi, fredda come sempre.

Sto lì per un momento, col cuore impazzito, finché mi ricordo del robot. "Riprendi la valutazione."

Si sblocca, fa un ronzio e chiede: "Azione proposta?"

"Eutanasia. Codice di autorizzazione 7622AX3."

"Confermata e registrata. Grazie, Ispettore."

Mentre esco dalla proprietà, la sento gemere, pregarmi di porre termine alle sue sofferenze. Tocco il muro pulsante e bisbiglio: "Non preoccuparti. Presto."

Quattro giorni dopo, sento il richiamo di Volta-Mente anche dal dirigibile, lieve, timido, come se avesse paura di offendere la mia nuova fedeltà ad Ashanti-Mente. La comunità luccica sotto di me, un gruppo di edifici lungo il bordo dell'acqua, rivestiti di pannelli solari e scintillanti come gemme artificiali su una camicia. Ho sempre amato questa vista. Mi mancava, fedeltà ricambiata o meno. Puoi lasciare un posto, e lui può lasciarti, ma le tracce rimarranno per sempre.

Non voglio ricordare, ma una volta che il mio cervello si immette nella rete locale ho poca scelta. Posso sentire l'odore della terra bagnata lungo le rive del lago, il compost che nutre i campi di mango e manioca, i cestini riempiti col pescato del giorno. Posso sentire il sapore della mia infanzia, dolce e al tempo stesso aspro come un ananas troppo maturo.

Il dirigibile si ferma sulla striscia di atterraggio fuori dalla stazione, non lontano dal mercato. Mentre sbarco, l'aroma intenso del pesce affumicato mi si appiccica al fondo della gola con persistenza eccessiva. Al lato della striscia di atterraggio si trova un ologramma rotante che lampeggia messaggi a ripetizione.

Benvenuti a Volta, terra del lago. L'acqua è vita.

Come onorerai la Mescolanza oggi? Per favore guarda i nostri atti di servizio preferiti qui sotto.

Prendi il tuo Mente-Chip e connettiti alla Volta-Mente qui!

Anche se sapevo che l'ologramma ci sarebbe stato, mi sento aggredita dai messaggi. Ho abbandonato il Lago Volta. Non onoro la Mescolanza. In effetti, spesso provo risentimento nei suoi confronti. E per quanto riguarda i Mente-Chip, non ne ho alcun bisogno. Sono una tra i pochissimi esseri umani che può spostarsi naturalmente da una Mente locale a un'altra, un'anima perduta che vaga per il mondo senza radici.

Andare in giro per la vita come se fosse un buffet, era solita dire mia madre. *Scegli, bambina! Chi sei?*

Ovvio che adesso pensi a lei, anni dopo che se n'è andata. La Volta-Mente entra nella mia testa, registra il mio DNA e cerca immagini di mia madre al mercato, il turbante legato così stretto che mi veniva da pensare che le avrebbe schiacciato il cranio.

Asiwome mi aspetta all'ingresso del mercato, i piedi racchiusi nelle ciabatte nonostante la minaccia di pioggia, e si avvolge la cinghia della borsetta attorno alle dita affusolate. In una mano tiene una borsa di iuta. Sarebbe strano chiamarla mia sorella, com'è la norma tra la mia gente, o anche mia cugina, anche se è la figlia maggiore di mio zio materno. Ho solo sempre pensato a lei come a una di *loro,* lontana da me quanto l'addetto IA che aveva caricato il mio bagaglio sul dirigibile.

"Sei venuta," dice, e cerca senza successo di sorridere.

"Non c'era bisogno di venire a prendermi," le dico, oltrepassando il mercato. "Mi ricordo la strada."

"Qualcuno doveva confermare il tuo arrivo, Yayra."

"Ho detto che sarei venuta, no?"

"Ci puoi biasimare perché dubitiamo di te?"

Alzo gli occhi al cielo. Posso già sentire il sospetto provenire dal suo cervello, così forte che deve essere rappresentativo dei sentimenti dell'intera proprietà. Mi odiano. Ancora, dopo tutti questi anni. Bene. Io li odio di più.

"È peggiorata da quando ti ho chiamata."

"Come?"

Apre la borsa di iuta in modo che possa sbirciare dentro. È piena di candele.

"Sta bloccando il solare?"

"No. Aumenti di tensione. Abbiamo cercato di disattivarla manualmente per evitare altri incidenti, ma..."

"*Altri* incidenti?" Il mio sguardo incontra il suo e noto che i suoi occhi sono iniettati di sangue, la pelle intorno è livida.

Asiwome torce le labbra e distoglie lo sguardo. "Sapevo che saresti arrivata a mezzogiorno, ma ho lasciato la proprietà all'alba. Quelli che possono lo fanno sempre. Quando rimaniamo..."

Non dice altro, ma aumento il passo. La nostra proprietà è una delle più grandi a Volta, appollaiata alle pendici di un colle e disseminata di palme da cocco. Finiti i giorni della proprietà privata. Ora le comunità costruiscono una casa insieme, la possiedono insieme e sono chiusi nel suo ritmo come una compagnia di danza, con la coreografia incisa nelle loro anime.

Tutte le proprietà sono simili per il fatto che sono costruite nella materia vivente – alberi, sistemi idrici – e ricche di nanotecnologia. Al tempo stesso tutte le proprietà sono diverse, progettate per adattarsi alla Mente comune che le ha costruite, adeguandosi all'ambiente naturale e tecnologico. La proprietà che ho adottato ad Ashanti è un colosso, più acciaio che legno, più IA che biologia, un idolo torreggiante che ripara settecento vite. Una rete altrettanto vasta si estende molto al di là dei suoi confini. Posso ancora percepire il suo basso ronzio e sentire il mio battito muoversi al suo ritmo rapido.

Volta è un mondo più lento, più semplice. Mentre risaliamo il sentiero sporco verso la proprietà, osservo le strutture vicine, alcune delle quali si sono ampliate. La città è un mosaico di verde, marrone e argento, mattoni, vetro e acciaio intrecciati alla corteccia e alle foglie, che creano sistemi simbiotici che mi ricordano i cyborg della cultura popolare.

Non ci sono recinzioni, né muri che separano una proprietà dalla successiva. Non c'è bisogno di recinzioni da quando c'è la Mescolanza. Come la maggior parte delle proprietà più grandi, la nostra ha il suo impianto dove i rifiuti degli inquilini vengono trasformati in gas metano, che a sua volta viene usato come carburante. L'impianto è il primo edificio che vediamo, subito dopo il segnale che dice "Casa Dzablui".

Non è cambiata, le porte ancora dipinte dello stesso verde smorto, i tubi punteggiati di gocce di pioggia asciugate. La sola differenza è l'odore: ci dev'essere una perdita da qualche parte. La proprietà mi riconosce e lancia ricordi verso di me, visioni di una ragazzina che striscia sotto i tubi per piangere, *Non sono più una bambina,* dico alla proprietà. I tubi gemono e una fotocamera emette un flash, memorizzando la mia nuova faccia per futura consultazione, e poi l'impianto inizia a emettere un basso suono di ferraglia.

"Non ama i visitatori," dice Asiwome, prendendomi per il braccio e spingendomi lungo il sentiero di mattoni.

"Io non sono un visitatore," le ricordo, ma lei non mi dà retta. Quasi corre, trascinandomi verso la proprietà come se avesse paura che gli edifici si voltino e guardino nella mia direzione.

Ha ragione ad avere paura. Sento con la mente, non con le orecchie, il ronzio delle fotocamere che si girano e percepisco l'allarme crescente della proprietà come un ago nei miei pensieri. È anche l'allarme di Asiwome, l'allarme degli inquilini mentre vedono che mi avvicino. Non sono benvenuta.

Asiwome mi porta alla camera d'eco. Ho scelto di dimenticare che esiste: una piccola struttura ricavata in un gruppetto di cespugli, la porta avvolta da spessi rampicanti. Progettata per dare ai visitatori neo-chippati la possibilità di transizione alla Volta-Mente al loro passo, è larga appena per far sedere quattro persone. È l'unica stanza non connessa, un'isola nell'oceano neurale della proprietà. Un porto per chi è nuovo a Volta, ma una prigione per me.

Reprimo il panico, la parte razionale del mio cervello che mi fa notare quanto sia appropriato che la camera debba essere il posto in cui torno a conoscenza della mia vita precedente.

Asiwome tira con forza la porta di metallo per aprirla. "Qui," dice, lasciando la presa sul mio braccio e spingendomi in avanti. La sua voce è cambiata. Anche il suo volto, distorto in una smorfia ora. Mi tiene a distanza di un braccio come qualcosa di putrido che ha trovato in giardino. "Veloce, entra dentro prima che perda la pazienza!"

Barcollo nella stanza. La porta si chiude e una serratura clicca, intrappolandomi nell'oscurità. I ricordi si strusciano contro di me e mi bisbigliano un benvenuto dritto al cuore.

La Mescolanza è giunta come un miracolo improvviso settantatré anni fa. L'umanità era connessa ma disconnessa, un mare di sette miliardi di isole. Avevamo sviluppato nanotecnologie, macchine nelle nostre teste, nella terra, nell'aria. Un giorno, come per un accordo implicito, tutti si erano connessi al loro ecosistema immediato. Le persone potevano sentire quando il tempo stava per cambiare, quando il suolo mancava di nutrienti, quando le popolazioni selvagge erano disallineate. A Volta, i pescatori sguazzavano in profondità, angosciati dal terrore della carpa catturata dalla plastica, e i bambini piangevano ininterrottamente, i loro cervelli in crescita segnati dai pesticidi che persistevano nell'aria.

L'esperienza fondamentale dell'umanità si spostò, e ora quando parliamo di essere tutt'uno con la terra, non è più una graziosa metafora. Le cose che prima erano normali divennero impensabili. Come potevamo tenere gli animali in recinti angusti quando il trauma di un formicaio distrutto era sufficiente a provocare la diarrea nei lattanti? E così, nel corso di decenni lunghi e coscienziosi, abbiamo imparato nuovi modi di essere. Abbiamo costruito comunità dove le risorse erano condivise. Non c'è stato nessun conflitto armato in nessuna parte del mondo in tutti i miei trent'anni di vita.

Dopo che Asiwome se n'è andata, affondo le ginocchia nella camera d'eco, con le dita che tastano i muri alla ricerca di un interruttore della luce. Nonostante il fatto che la camera fosse stata progettata per tenere fuori la Mente locale, posso entrare nella proprietà e lei può entrare dentro di me. Ora che sono qui, tra odori e suoni familiari, mi striscia sotto la pelle.

I ricordi incombono su di me. La gola irritata dopo ore di urla perché mi facessero uscire, la prima notte che mamma mi chiuse qui. Lo shock, e poi il sollievo, quando mi ero accorta che potevo ancora connettermi, che i muri non erano una barriera per me. Non ho ancora capito cosa avessi fatto di sbagliato. Ore prima mia madre ed io eravamo al mercato, a barattare prodotti agricoli con vestiti, quando avevo sentito odore di fumo. Mi ero guardata intorno, ma non c'era nulla fuori posto, eppure potevo sentire la paura e sentire il crepitio delle fiamme. Il panico era esploso nel mio giovane petto.

"Fuoco!" avevo detto, tirando il braccio di mia madre, chiedendomi perché fossi l'unica a sembrare impaurita. "Fuoco, mamma, fuoco!"

Non c'era nessun fuoco. Non a Volta, a ogni modo. Scoprimmo presto che un incendio era divampato in una regione vicina. Non avrei dovuto notarlo. Mamma mi portò dai dottori per farmi visitare e dagli ispettori per essere interrogata. Come avevo saputo dell'incendio prima che fosse nei notiziari? Mentire non aveva senso, quindi dissi la verità.

L'avevo saputo nel modo in cui conoscevo tutto il resto. La Mescolanza me l'aveva detto.

Anche adesso sento il dolore dello schiaffo di mia madre contro la mia guancia e il calore delle lacrime che mi sgorgavano dagli occhi. Non sono l'unico fantasma al mondo, ma siamo abbastanza pochi da essere temuti. Ci chiamano fantasmi perché dicono che non abbiamo radici, sostanza, fedeltà. I nostri cervelli possono infilarsi in qualsiasi segnale come satelliti privi di anima. Non siamo, come tutti gli altri, rinchiusi nelle nostre comunità domestiche e devoti alla loro sopravvivenza. Le nostre menti possono viaggiare, assieme ai nostri cuori. Come ci si può fidare di una creatura senza alcun concreto senso di appartenenza? Le comunità funzionano perché ogni individuo è una cellula che lavora per tenere l'organismo sano.

Per la mia gente, ero un cancro. Dovevo essere confinata perché fosse sicuro che non mi sarei diffusa nell'intera rete. E così, ogni giorno passavo tre ore nella camera d'eco per "ricalibrarmi". Non avevo detto a nessuno che potevo connettermi anche dall'interno. Stavo lì seduta, a far espandere il mio dolore.

Quando compii sedici anni, la maggiore età, fuggii. Non ero più stata a casa da allora. Fino a oggi.

Asiwome torna dopo appena un'ora. Il suo umore non è migliorato: se possibile è persino più intrattabile di prima quando entra nella camera e chiude la porta dietro di sé. Si appoggia alla porta e sospira, chiudendo gli occhi per il sollievo, e poi riaprendoli di scatto, spalancandoli per il dolore.

"Ogni singola volta," mormora, "pensi che valga la pena avere un momento di pace, ma il dolore di essere chiusi fuori, la solitudine...," Scuote la testa e si muove per aprire la porta. Vedo i suoi occhi illuminarsi mentre la connessione torna a posto. Non ho mai sperimentato la particolare solitudine di cui parla, ma ho familiarità con qualcosa di simile.

"Devo uscire," dico. "Devo vedere quanto è grave."

Annuisce, tenendo la porta della camera aperta per me.

"Lentamente. Non innervosirla." Asiwome mi conduce lungo il sentiero e intorno alla periferia della proprietà, dandole il tempo di abituarsi a me un'altra volta. La presenza di un singolo individuo estraneo ha poco impatto su una proprietà sana, ma questa ha a malapena superato l'ultima ispezione.

Ho visto proprietà ammalate di putrefazione o dolore, che attaccano le loro stesse cellule, che provocano incendi elettrici e disastri idraulici, che diventano velenose e attaccano i loro inquilini, intrappolandoli all'interno, facendoli morire di fame. La mia vecchia proprietà è la casa di novantacinque persone ed è stata costruita usando il modello co-dipendente ormai desueto, quindi ogni inquilino dipende completamente dalla proprietà per la sopravvivenza. Regola il loro orologio biologico, la loro temperatura, il loro livello di ossigeno, le loro emozioni.

Se la proprietà non supera la prossima ispezione, subirà l'eutanasia da parte dello stato. Gli inquilini saranno distribuiti in altre proprietà sane. Molti, soprattutto i più anziani, non sopravvivranno al distacco. Il solo prezzo psicologico sarà catastrofico. C'è un motivo per cui lo stato non autorizza più le costruzioni co-dipendenti.

È illegale per un esterno, persino per lo stato, interferire con le funzioni di una proprietà in opera. Deve essere prima chiusa. Ma tutti gli inquilini qui sono troppo coinvolti per risolvere il problema. Tutti tranne me.

Le piante intorno al limitare della proprietà stanno iniziando ad appassire nonostante la pioggia. Tocco le foglie ingiallite di una papaia.

"Scariche casuali di energia," spiega Asiwome. "Quando colpiscono il terreno, impattano sul suolo."

Guardo in basso verso il terreno sotto l'albero e noto il suo colore grigiastro. "Come avete potuto consentire che diventasse così grave? Avreste dovuto richiedere una chiusura temporanea dopo l'ultima ispezione in modo che lo stato potesse valutare."

"Non possiamo sopravvivere a una chiusura, Yayra. Sai che siamo co-dipendenti." Il suo tono è accusatorio, come se fossi io la causa del problema. So che sta proiettando il temperamento della proprietà, ma fa comunque male.

"Non potete sopravvivere dodici ore? Non avete un protocollo di emergenza?"

Chiedo come se fossi un'estranea, come se non ricordassi com'era avere la proprietà che mi diceva quando avevo fame, quando il mio corpo aveva bisogno di riposo. Immagino di essere un'estranea ora. Vedo e sento ancora quello che fanno, sperimento tracce di emozione, ma il mio corpo funziona da solo. Le proprietà co-dipendenti sono una rarità ad Ashanti: i rischi sono troppo alti, i nostri numeri troppo grandi.

"Dodici ore è troppo per alcuni," sbotta Asiwome. "E sappiamo che cosa deciderà lo stato se consentiamo loro di fare una valutazione. Non vogliamo perdere la nostra casa."

Mi guardo attorno. I bambini sbirciano dalle finestre e dalle porte, curiosi ma troppo spaventati dal fantasma per avvicinarsi di più. Gli inquilini badano alle loro faccende, mi lanciano qualche sguardo ma non dicono niente, tutti zuppi di sudore.

"Avete perso qualcuno? Malattia, incidenti?"

"Non ancora, grazie alla Mescolanza. Abbiamo avuto infortuni, ma finora sono tutti sopravvissuti."

Camminiamo intorno al retro della cucina. I muri palpitano come una sorta di gigante dormiente, facendo spontaneamente spuntare e attorcigliare rampicanti intorno alla struttura, formando una fitta rete. Guardo in alto per vedere i rampicanti soffocare il tubo che fa defluire l'acqua dal tetto. Un uomo sta su una scala a pioli e pota i rampicanti, ma loro continuano a crescere. Lo riconosco come uno dei miei vecchi compagni di gioco. Non guarda neanche nella mia direzione, troppo occupato a combattere coi rampicanti.

Nel giardino, cesti di canne ondeggiano con lumache enormi e frutti marci. I sentieri tra le colture sono scivolosi per il fango, l'aria densa della dolcezza appiccicosa dei frutti troppo maturi. Lancio un'occhiata ad Asiwome, alla ricerca di una spiegazione.

"Il posto è invaso dalle lumache e la frutta matura più veloce di quanto riusciamo a raccoglierla," dice. "Fa troppo caldo, troppo umido."

Aggrotto la fronte. "A me non sembra più caldo del solito."

"Il tuo corpo è ancora sulla temperatura di Ashanti." Asiwome fa una smorfia e si strofina le tempie. "Dalle un giorno. Vedrai."

Cerco di non lasciare che i ricordi mi influenzino mentre incontro volti familiari. Mi salutano con educazione, ma non si fermano a parlare. Non che mi aspettassi di più. Non che volessi di più. Dopotutto, non sono venuta qui solo per salvare la loro casa morente. Sono venuta per la soddisfazione di sapere come la cosa che disprezzavano di me è la stessa in grado di salvarli. Se riuscirò in questo compito, tutti quelli che si sono presi gioco di me da bambina si dovranno rimangiare le loro parole.

E tutta Volta saprà che questa triste e disperata proprietà è stata salvata da un fantasma.

Non ho davvero capito il potere della Mescolanza finché non ho lasciato Volta. Avevo un bisogno così disperato di fuggire che barattai un mese di lavoro per un volo in dirigibile fino ad Ashanti e per un posto in cui vivere quando fossi arrivata. In cambio avrei lavorato nell'aeromobile. Nel momento in cui fummo in aria iniziai a sentire la spinta di Menti diverse. Mi diede un mal di testa pulsante e la nausea, che gli assistenti scambiarono per mal d'aria.

Dopo che fui curata e mi sentii un pochino meglio, riuscii ad afferrare le diverse varietà intorno a me. Il profondo amore del lago a casa da Volta, la chiamata dell'oceano dalla Costa d'Oro, la spinta per il progresso costante da Ashanti.

Guardai gli altri passeggeri e mi resi conto di quanto era facile dire da dove venivano dai loro modi. Vidi che, oltre alla devozione alle nostre comunità, c'era un più importante senso del dovere, la comprensione che tutte le regioni facevano parte di un solo stato, e tutti gli stati erano parte di un solo pianeta, e tutti i pianeti erano parte di un solo universo. Capii perché non potevamo più andare in guerra e perché, anche se sarebbe stato facile prendere i prodotti agricoli dalla mia proprietà e barattarli per il mio biglietto invece di vincolare me stessa, non mi era mai passato per la mente di fare così. La Mescolanza ci rendeva fedeli. Ci rendeva buoni.

Ma sapevo pure che era possibile pensare in maniera diversa, che gli umani l'avevano fatto per millenni. Avevamo pensato in maniera piccola ed egoista, mettendo i nostri bisogni al di sopra di quelli degli altri. Io ne ero un perfetto esempio. Avevo lasciato casa mia, non per un bene superiore, ma alla ricerca della mia stessa serenità. Mi resi conto allora che poiché ero un fantasma, poiché la mia devozione era in un certo qual modo diluita, era possibile per me peggiorare, regredire, diventare ciò che le persone erano una volta.

Quella conoscenza mi terrorizzò.

Quando il mio mese di servizio sul dirigibile fu finito, il pilota mi raccomandò agli ufficiali di reclutamento al Comando Cittadino. Disse che sarei stata un buon ufficiale, dal momento che ero così "distaccata". Ho lavorato all'Unità Ispezione da allora, prima come studente, poi come tirocinante, poi come assistente, e ora come ispettore, valutando progetti edili e architettonici, esaminando proprietà e riformulando regolamenti.

Nei giorni successivi alla chiamata di Asiwome, mi sono chiesta spesso se lo avrebbe fatto anche se fossi stata in un'altra unità. Volta è fuori dalla mia giurisdizione, quindi ho preso un permesso per motivi personali per fare il viaggio. Qualsiasi cosa faccia nei miei sforzi di salvare la proprietà sarà registrata come riparazioni domestiche realizzate da un inquilino. Non sarò neanche nominata. Questo mi dà un sacco di libertà d'azione. Potrei fare un errore e si ipotizzerebbe che sia stata colpita dalle funzioni instabili della proprietà. Potrei bruciare tutto il posto, radendolo al suolo e non essere ritenuta responsabile.

Odio il fatto di averlo pensato. Fantasticato. Anche dopo essere atterrata a Volta e avere sentito il senso familiare di casa strisciare di nuovo sopra di me, quel pensiero cattivo rimane come un seme nel mio cuore, in attesa di qualcuno che lo annaffi.

Passo i primi due giorni a studiare la proprietà, stimando il danno, mappando i suoi sbalzi d'umore e il loro impatto sugli inquilini. Non c'è alcun segno di causa biologica per la malattia, e nessuno può sopportare di stare nella sala di controllo abbastanza a lungo da cercare una spiegazione tecnologica. Le proprietà co-dipendenti sono più suscettibili ai guasti.

Asiwome è al mio fianco tutto il tempo, come se avesse paura di lasciarmi sola.

Sento la cautela nell'aria. Nessuno si fida di me. Sono l'unico fantasma nato a Volta in anni, forse nella storia.

Quando entro di nuovo nel giardino, sono quasi respinta dal fetore. Gli inquilini spalano i frutti caduti in una carriola e li portano in cucina, dove saranno trasformati in conserve. Almeno metà della frutta è già troppo marcia per essere usata. Va nel cumulo di compostaggio, l'unica parte del giardino che sembra prosperare.

Anche se i cestini di lumache sono stati portati al mercato, il giardino continua a brulicarne. Le foglie delle nostre piantagioni – cassava, mango, platano – sono ricoperte di parassiti grigio-neri o diventano gialle prima del tempo.

Le stanze interne della proprietà non se la passano meglio. I muri pulsano. Le luci sfarfallano. La musica inizia all'improvviso, e poi si ferma. Due porte, una che collega il salone principale alla cucina, l'altra il retro della casa a un magazzino, sono chiuse da una settimana e nessuna lusinga le apre. Alcune delle camere da letto sono diventate così fredde che gli inquilini le hanno prese per conservarci il cibo.

Asiwome aveva ragione: il caldo è soffocante.

Di notte mi opprime come una coperta, schiacciandomi nello stretto letto preparato nella camera d'eco. Porto un asciugamano ovunque. Faccio visite frequenti alle camere fredde e le trovo sempre gremite di corpi sudati.

I nervi sono logorati. Tutti sono tesi. Scoppiano liti di frequente. Non diventano mai fisiche (la più ampia Volta-Mente lo impedisce), ma sono accalorate. Per ben due volte gli anziani della comunità vengono chiamati a mediare, dal momento che gli anziani della proprietà sono troppo coinvolti per essere di qualche utilità.

C'è una giovane donna, di vent'anni o giù di lì, che non fa niente a parte piangere tutto il giorno. La vedo stendere la biancheria, con le lacrime che le scorrono lungo il viso, mescolandosi con il sudore. La vedo allattare il suo neonato, singhiozzando sopra la testa del bambino. Quando le chiedo quale sia il problema mi guarda come se fossi un'idiota e dice: "Hai perso gli occhi?"

Il terzo giorno, Asiwome viene alla camera d'eco per accompagnarmi nel mio solito giro.

"Ho visto abbastanza," le dico. "È ora di mettersi al lavoro."

Si morde il labbro. "Ah, oggi non è una buona giornata. La pressione dell'acqua era troppo alta e ha fatto esplodere un tubo. Non so se sia sicuro stare dentro a lungo."

Sospiro. "Mi hai portato qui per guardare questo posto cadere a pezzi? Perché posso farlo da lontano."

Mi lancia un'occhiata e schiocca la lingua. "Sto pensando alla tua sicurezza, sai."

"So prendermi cura di me stessa."

"Questo lo sanno tutti." Suona come un insulto, ma mi conduce alla sala di controllo e sta vicino alla porta.

La proprietà opera come un organismo biologico, con molta della sua intelligenza diffusa attraverso tutto il suo corpo. La sala di controllo è il suo cervello, una serie di tubi chiari pieni di nanotecnologia: si diramano in vene spesse e flessibili che sprofondano nei muri, nel suolo, negli alberi. Lo schermo d'osservazione che mostra le differenti sezioni della proprietà è incrinato. Le radici hanno invaso la sala attraverso il muro esterno, spaccando il pavimento e così assomiglia a un esperimento abbandonato nella giungla. L'energia pulsa nella stanza, con un ritmo minaccioso, come un battito cardiaco irregolare. Un'ondata di stanchezza mi invade. Mi concentro sulla parte di me ancora connessa con l'Ashanti-Mente finché la stanchezza passa.

C'è un singolo sgabello ricoperto di foglie. Le spazzo via e mi siedo. "Buongiorno, Dzablui. Posso accedere al tuo pannello di controllo?"

Nessuna risposta. Asiwome digrigna i denti e fa alcuni passi in avanti. I suoi lineamenti si contorcono dal dolore quando richiede l'accesso. Non c'è ancora nessuna risposta. Si volta colma di frustrazione, appoggiandosi contro il muro.

"Va tutto bene," dico alla proprietà, asciugandomi la faccia con l'asciugamano. "Sono un'inquilina. Ti ricordi di me, vero? Voglio solo aiutarti."

Lo schermo tremola, soppesando le mie parole.

"Ti ho detto che era una brutta giornata," bisbiglia Asiwome. Sobbalza e si afferra la testa.

"Vai," le dico. "Non devi stare qui."

Sobbalzando di nuovo, annuisce e lascia la stanza.

"Finalmente sole," dico alla proprietà, anche se ovviamente non esiste più nulla che sia solitudine.

"Sei molto malata. Lo sai, vero? Lascia che ti aiuti."

Lo sfondo dello schermo sparisce, per essere sostituito da un volto androgino composto di pixel. "Te ne sei andata." La voce dovrebbe essere piacevole e femminile, ma invece è macabra e distorta.

"Perché sei qui adesso?"

"Per aiutarti. Per salvarti."

C'è una pausa, una scarica di elettricità statica, e poi: "Non sei un'inquilina."

"Certo che sì. Mi puoi sentire, giusto? Puoi sentire la mia mente, connessa alle altre, connessa a te." Mi chino più vicino allo schermo. "Lascia che ti aiuti."

Sento la proprietà che mi entra nella testa, sondandomi. Mio malgrado, una fiammella di paura mi sorge nel petto. "Non dovresti farlo. Confonderai i confini. Puoi vedere l'A-shanti-Mente nel mio cervello."

"Mi è consentito esaminare i miei inquilini."

Oh, è intelligente. Scaltra. Da dove viene questo aspetto?

Non l'abbiamo programmata per pensare in questo modo, per trovare scappatoie.

"*Tu* hai creato la scappatoia," mi dice la proprietà, vagliando i miei pensieri, e capisco che ha ragione. Si ritira improvvisamente, come una mano errabonda che abbia sfiorato uno scorpione. "I tuoi pensieri mi confondono."

"Lo immagino." Mi allungo per toccare lo schermo. "Posso accedere al tuo pannello di controllo, per favore?"

L'immagine sullo schermo tremola. C'è un'altra scarica di elettricità statica. Ritiro la mano.

"Sei venuta qui per il bene superiore?"

"Certo."

Deve percepire la menzogna nelle mie parole. Lo schermo diventa nero e la stanza si riempie di un bip acuto. La porta si spalanca e Asiwome si precipita dentro. Le radici sotto i miei piedi si espandono, sbilanciando lo sgabello e facendomi cadere. Asiwome mi afferra il braccio, mi spinge in piedi e mi trascina fuori dalla sala di controllo.

Quella notte non riesco a dormire. La proprietà mi setaccia la mente con dita rabbiose e insistenti, cercando di dare un senso alle cose sconnesse che ci trova. Bisbiglia domande deliranti nella mia testa. *Cosa sei? Perché sei venuta? Puoi davvero curarmi?*

Bisbiglio di rimando: *Sono una dei tuoi figli. Sono venuta per aiutarti. Posso farlo.* Non so se sia vero.

Questo balletto continua per altri tre giorni.

Vado nella sala di controllo e prego, lusingo, blandisco. La proprietà mi esamina, si turba, e si rifiuta di sbloccare il pannello di controllo. Sono più certa che mai che il burnout è il problema, e ogni giorno porti la proprietà più vicina al collasso.

"È stato un errore," bisbiglia Asiwome. Ha il volto e il collo lucidi di sudore. Sembra aver perso peso in una manciata di giorni.

I bambini vagiscono giorno e notte. Adesso le lumache hanno iniziato a morire, e quando vado nel giardino trovo inquilini sulle ginocchia accanto a montagne di gusci vuoti, mentre li sollevano e si lamentano, incerti su cosa fare.

La paura mi riempie lo stomaco, una patina di vernice che non se ne andrà. E anche se ora sono Ashanti, anche se sono distaccata, guardo questa gente, la mia gente, e mi fa male vederli soffrire.

"È meglio morire," dicono gli anziani della proprietà. "Lascia che lo stato venga e la finisca, ci finisca. Tutto ciò che eravamo sarà assorbito in altre proprietà. Volta andrà avanti."

"Se la proprietà muore, ogni cosa vivente qui morirà con lei," dice Asiwome.

Gli anziani ammutoliscono, pensando a tutte le capre e i polli e i gatti e i cani, tutti gli insetti e gli uccelli e i pesci nello stagno. La proprietà è così malata che il sito dovrà rimanere sterile per almeno tre anni per consentire a tutte le tossine di sparire.

Il pensiero di una tale distruzione, un tale spreco...

"Se solo potessimo superare la prossima ispezione," inizia Asiwome.

"Saremo morti prima di allora," replicano gli anziani.

Sono a casa quasi da una settimana ormai, e il deterioramento della proprietà è accelerato. Metà delle colture sono morte. Molti animali sono malati, molte persone pure.

Gli inquilini hanno già iniziato a scavare tombe, con la paura che quando verrà il momento potrebbero essere troppo malati per farlo. Alcuni dei muri hanno iniziato a sgretolarsi. I ricordi della mia infanzia sono diventati così vividi che qualche volta mi dimentico di quanto tempo è passato.

Mi aspetto quasi di sentire mia madre che mi chiama. Sussulto in previsione delle sue parole taglienti. Inizio a sentirlo, il malessere che si è impadronito di tutti gli altri. Vengo svegliata di notte da attacchi di nausea. Non ho alcuna voglia di mangiare. La testa mi fa male tutto il tempo.

Sono seduta nella sala di controllo davanti a uno schermo nero, aspetto, prego. Sono prossima ad arrendermi quando il pannello di controllo scivola finalmente fuori dal muro. Piango di sollievo mentre mi avvicino.

Posso salvarti. Posso, posso, posso, posso. Lo bisbiglio come un mantra mentre lavoro, ma ogni volta che inserisco una nuova configurazione, la proprietà la cambia di nuovo.

Lasciami, dice.

"No, posso salvarti, se fai un passo indietro e mi lasci lavorare." La mia voce è bassa. Sono così stanca, le mie mani tremano.

Lasciami! Smettila di immischiarti! Non appartieni a questo posto, comunque.

Lo schermo si illumina e inizia a mostrarmi cose. Un'immagine della sala di controllo, con me curva sul pannello. Un'immagine del giardino. Vuota oscurità. Un'immagine del mio volto. Un'immagine di mia madre. Mi fermo, sbigottita.

Lasciami, dice mia madre.

"Tu non sei mia madre," rispondo, e continuo a lavorare.

Ora la proprietà ha perso del tutto il controllo. È rotta oltre ogni possibilità di riparazione. Lo so nella più profonda parte di me, ma non posso fermarmi. Devo provare. Una volta era casa mia. Devo provare anche se, a questo punto, non so più cosa sto facendo. La mia mente scivola nell'oscurità e poi si risveglia di scatto, e trovo le mie dita che si contraggono, appoggiate sul pannello di controllo. Fa così caldo. Fa troppo caldo per respirare. Ma devo provare.

Sto ancora provando quando Asiwome entra nella stanza, così debole che deve tenersi al muro per sostenersi.

"Esci," dice. "È finita. Devi andartene adesso."

La ignoro, spingendo tasti, tirando leve, girando manopole. O forse sto solo pensando di girarle. La stanza ruota. È difficile sapere cos'è reale. Sono le mie mani che mi toccano la faccia?

"La proprietà ha deciso di suicidarsi prima di ucciderci tutti." La voce di Asiwome. Vera o immaginaria?

No. No. "Assurdo," mormoro, e mi piego in due per vomitare sul pavimento. Come sono finita sul pavimento?

"Per favore, Yayra!"

Ma devo provare. Asiwome fa un verso esasperato e se ne va. I miei occhi si chiudono, e poi si aprono. Sto ancora provando quando lo schermo scoppia in fiamme. Sto lottando per mettermi in piedi quando i tubi esplodono, schizzando nanotecnologia sui muri, sulla mia faccia, sprizzando fiumi di bot sopra tutto il pavimento sconnesso. I bot iniziano a scavarmi sotto la pelle, frenetici, e io sono troppo debole per combatterli. Sto strisciando sul pavimento quando l'allarme suona, quando Asiwome entra con due uomini che mi sollevano e mi portano fuori dalla stanza. Non riesco a distinguere le mie grida da quelle della proprietà, dei bambini spaventati e delle figure che fuggono.

"Non c'è un incendio!" urlo, lottando contro le braccia che mi tengono. "Non è qui, non è a Volta! Perché stanno correndo tutti?"

Volta-Mente è distratta dalla proprietà morente, ma Ashanti-Mente riprende il controllo sulla sofferenza del mio corpo e invia segnali per attivare le minuscole gocce di medicina nel mio sangue. Penso a vasi nanotecnologici che esplodono e a materia cerebrale sui miei vestiti. Penso: vedi, so chi sono, sto morendo con la mia gente.

Secondi dopo perdo coscienza.

Quando mi sveglio sono in uno strano letto in una strana stanza, Asiwome è seduta sul pavimento accanto a me, che divora una ciotola di *akplijii*.

"È finito," dice tra un boccone e l'altro. "Tutto. Anche gli anziani. Quarantatré vite umane, trentasette animali domestici. Tutti i pesci. Un intero ecosistema."

"Dove siamo?" mi metto a sedere.

"Una nuova proprietà. Una di riserva della comunità."

La colpa è un masso nel mio stomaco. "Mi dispiace. Ti ho delusa, mi dispiace tanto."

Scrolla le spalle, e capisco che deve essere stata sedata, per essere così calma.

"Ci hai provato. Sei quasi morta provandoci. Era già troppo tardi nel momento in cui ti ho chiamata." Asiwome finisce il suo cibo. "Adesso puoi tornare indietro." Il suo tono è troppo distaccato. "Ad Ashanti. Se vuoi."

La mia testa si scuote senza riserve. "Non ancora. I sopravvissuti avranno bisogno di aiuto per acclimatarsi."

Non mi ringrazia, ma c'è qualcosa nel suo annuire, un addolcirsi dei lineamenti. Si alza e lascia la stanza senza una parola.

Dal momento in cui se n'è andata, inizio a piangere.

Prolungo il mio permesso di un'altra settimana per aiutare la mia gente a spostarsi nella loro nuova casa o a spostare la loro nuova casa dentro di loro.

È una piccola proprietà sviluppata dallo stato, costruita solo con gli elementi fondamentali come riserva in caso di emergenza. I sopravvissuti lavorano insieme per migliorarla, immettendovi i loro schemi e imparando i suoi modi. Sono ancora turbati dalla perdita della loro casa, ma man mano che lavoriamo, sento la freschezza della nuova proprietà penetrare nelle loro menti. Nella mia.

La proprietà è verde e profumata, viva di piccole cose che richiedono quiete e contemplazione, e gratitudine, soprattutto. Siamo vivi. Siamo tutti vivi.

Quando me ne vado, i bambini hanno iniziato a ridere di nuovo, e anche a seguirmi in giro, chiedendomi di unirmi ai loro giochi e strisciando sul mio grembo per dormire. Suppongo che la curiosità abbia superato la paura. Anche gli inquilini più vecchi si sono addolciti nei miei confronti. Ne sento la ragione nella Mente locale: *è quasi morta provandoci.* Non riescono più a pensarmi come distaccata.

Asiwome mi accompagna al dirigibile quando è tempo di andare.

"Grazie per essere venuta," dice. Guarda a terra, poi la mia spalla. Mi abbraccia. Sbalordita, mi gelo per un momento, poi ricambio l'abbraccio.

"Tornerò." È una domanda, anche se non lo faccio sembrare.

"Sì. Presto. Quando puoi."

Un mondo di cose non dette turbina tra noi, ma penso che ci vediamo chiaramente per la prima volta. Io sono ancora un fantasma, ma sono anche sua cugina. Sua sorella. E lei è la mia.

"Fai buon viaggio."

"Per grazia della Mescolanza," sorrido. "Sono contenta che mi abbia chiamato, anche se..."

Annuisce, comprensiva.

Dal cielo vedo il sito della vecchia proprietà, ora nient'altro che compost e polvere. Sento i vermi dimenarsi in quel terreno annerito, lavorare fianco a fianco con la nanotecnologia per purificare la terra dalle tossine. Posso anche vedere la nuova proprietà, viva di colore, vegetazione verde e brillante, piccole figure che si muovono lì intorno.

E capisco il potere della Mescolanza, forse meglio di quanto abbia mai fatto. Capisco che non importa quali pensieri possano attraversarmi la mente, non farei mai intenzionalmente del male. Anche un fantasma come me è soggetto alla Mescolanza.

OLTRE IL BAZAR

di Lavanya Lakshminarayan

Traduzione di Francesca Secci

Lavanya Lakshminarayan, originaria di Bangalore, è stata finalista al premio Locus ed è la prima scrittrice di fantascienza a vincere entrambi i premi Times of India AutHer *e* Valley of Words, *prestigiosi premi letterari in India. Il suo romanzo* Analogico/Virtuale *è stato candidato al British Science Fiction Award. Di tanto in tanto lavora come game designer e ha costruito mondi per FarmVille di Zynga Inc., Mafia Wars e altri giochi. Vive in India e al momento sta lavorando al suo prossimo romanzo.*

Uno straniero entrò in un bar di una cittadina.

Era il tipo di città che non riceveva visitatori. Auto elettriche e navette sfrecciavano sull'autostrada, e nessuno si fermava mai a guardare due volte le sue facciate dall'intonaco screpolato che si sgretolava e si spellava, incrostato di sporcizia proveniente da un'era alimentata dal petrolio e dal gasolio.

Non c'erano olocartelli che pubblicizzassero lunapark in realtà virtuale, né caotiche gallerie di vetro con negozi di moda istantanea stampabile in 3D che emanassero aroma di legno di sandalo sintetico dalle vetrine, né segni di edifici intelligenti o flora nativa rimboschita che facesse capolino dai suoi tetri quartieri.

Una volta ogni tanto, la nonna o il nonno di qualcuno bussava alla finestra e iniziava uno dei racconti dei tempi andati che in parte affascinavano e in parte annoiavano l'uditorio.

"La città dell'artigianato," dicevano i vecchi. O: "I migliori giocattoli in legno del mondo. Ci fermavamo qui ogni volta che andavamo da Bangalore a Mysore..."

E i nipoti alzavano gli occhi al cielo. "Vuoi dire New Luru e Wodeyar."

"È impossibile ricordare questi nuovi nomi delle città. Lo capirai quando avrai ottant'anni. Ogni governo decide che rinominare le cose sarà la sua eredità."

E la città scivolava via, ancora una volta un alone dimenticato nel passato.

La città sembrava lasciata indietro dal tambureggiare del commercio e della tecnologia che, nella loro marcia inarrestabile, rendevano le aziende più grosse e i consumatori più acquiescenti. Sembrava disabitata tranne che per le luci sfavillanti alle finestre di notte.

I suoi abitanti avevano accesso alle macchine che vendevano *JOYY-Pill* per strada? Guardavano *Cricket 24x7* sull'olostream?

Aveva almeno un nome questa città?

Una volta, forse, e persino i vecchi non riuscivano a ricordarlo. Ma nessuno si fermava mai a chiedersi queste cose, a ogni modo.

Perciò, quando uno straniero saltò giù da un taxi elettrico e s'incamminò lungo i brutti casermoni e formicai che fiancheggiavano la strada da New Luru a Wodeyar, tutti abbandonarono ciò che stavano facendo e lo seguirono lungo le viuzze laterali con un crescente senso di timore. Non fisicamente. Dispiegarono droni che bisbigliavano in alto, tracciando la sua rotta lungo le case e verso il centro della città. Lo straniero si guardava attorno con curiosità, un cipiglio che gli corrugava la fronte come se stesse cercando qualcosa che era certo di trovare. Non c'era niente da trovare.

Bollettini frenetici venivano trasmessi attraverso la rete Alt-G della città. Il caporeparto e artigiano di livello 9, Nadira Rao, zittiva il bip persistente del suo schermo di vetro. La sua mano si contrasse e la tensione dell'elastico che stava sistemando con attenzione si scaricò, così che scattò e le colpì il palmo. Si portò la mano alle labbra, succhiandola. Un cacciavite, una scatola di elastici e un assortimento di viti erano poggiati sulla panca davanti a lei, accanto a un grande telaio di acciaio. Si asciugò le mani con l'orlo del grembiule. Si sistemò gli occhiali sul naso, e aggirò una stampante 3D per raggiungere lo schermo.

Nadira Rao guardò le notifiche e imprecò. "Non di nuovo."

Uno straniero entrò in un bar di una cittadina senza nome.

L'esercizio in questione di chiamava *Il burattino storto*. Dall'altra parte della strada, il proprietario del suo arcirivale, *Il falegname,* tirò un sospiro di sollievo per il fatto che lo straniero non fosse un suo problema immediato. Invece, iniziò a fare affari d'oro con la gente curiosa che entrava alla spicciolata, trascinandosi dietro le sedie per affollare i posti già occupati vicino alle finestre. Le persone sbirciavano attraverso il vetro, cercando di cogliere una visuale degli eventi dall'altra parte della strada.

Al *Burattino storto,* la barista Uma Hedge azionò un interruttore e l'olocartello sulla sua porta si illuminò: "CHIUSO." Si voltò per esaminare lo straniero mentre lui studiava il menù. Era alto e aveva la pelle scura, ma con un aspetto liscio e spento: suggeriva che non passava molto tempo al sole. I suoi abiti erano sciatti, ma in un modo che i negozi costosi definivano chic: una camicia con il colletto stampata a mano, un paio di jeans strappati e lisi che indicavano indigenza artificiosa, e sneaker a stivaletto con le suole bianche,

che ancora brillavano. Tutto in vero tessuto, non in quello sintetico della moda istantanea.

Alzò lo sguardo dal menù e le fece un cenno. "*Namaskāra*. Noccioline *ondu masala*. E un quarto del suo miglior liquore locale, grazie."

Uma Hedge ciabattò via, prendendo tempo con l'ordine dello straniero mentre aspettava il suono di passi sulle scale all'ingresso della cucina. Afferrò una bottiglia non etichettata di arak e ne versò un quarto in un fiasco più piccolo, poi lo portò allo straniero. Lo posò sul tavolo accanto un bicchiere sudicio e iniziò a versare.

Lo straniero spinse indietro la sedia con un grido di allarme, le mani sollevate in aria, mentre la porta sul retro si spalancava. Nadira Rao irruppe, brandendo un manganello elettrico, fiancheggiata da una parte e dall'altra da quattro membri della forza di sicurezza della città, anche loro con i manganelli pronti all'uso.

"Mani dove posso vederle," abbaiò Nadira.

Uma finì di versare da bere allo straniero. accennò con la testa verso di lui. "Tipo di New Luru. Lavoro al chiuso, credo IT, ma non uno sviluppatore, probabilmente qualcosa che necessita abilità di contatto col pubblico. Il suo kannada aveva un accento perfetto. Troppo perfetto per non essere intenzionale."

Nadira fece un passo in avanti. "Predicatore, pellegrino o turista?"

"Cosa?" Le mani dello straniero tremarono.

"Cosa sei? Predicatore, pellegrino o turista?"

"P-pellegrino?" Gli occhi dello straniero guizzarono verso la porta, ma la squadra di sicurezza di Nadira si era allargata e aveva formato un ampio cerchio intorno a lui.

Nadira ghignò. "Pellegrino. E dove staresti andando?"

"Al... tempio?"

Nadira e Uma si scambiarono un'occhiata prima che Nadira tirasse indietro la testa e si mettesse a ridere, mentre Uma si piegò in due, ridacchiando.

"Che ho detto?" Lo straniero iniziò ad abbassare le mani, con un sorriso che gli serpeggiava in faccia. Sembrava sollevato di aver dissipato la tensione.

"Non ci sono templi qui, sapientone. Li abbiamo tutti ridestinati quando gli dèi ci hanno abbandonato," disse Uma freddamente.

"Le mani dove sono? E togliti quel sorriso dalla faccia," disse Nadira, brusca, rivolgendosi di nuovo a lui. "Perquisiscilo."

Uma si chinò in avanti e gli rovistò in tutte le tasche, recuperando una barretta proteica, un mazzo di chiavi, un comunicatore in vetro e un sottile portafogli in pelle. Lei lo aprì. "Avevo ragione. Lavora al *Bazar. Business development manager*."

"Ah!" disse Nadira, sogghignando.

"Oh, cielo," esclamò Uma, scuotendo la testa.

"Che c'è?" squittì lo straniero, con gli occhi spalancati.

"Si mette male per te, straniero," disse Nadira.

"Molto male," sospirò Uma.

"Perché?"

"Non ci piacciono quelli come te, straniero," rispose Nadira.

"Non ci piacciono per niente," aggiunse Uma come un'eco di sventura imminente.

"Perché non bevi un goccio del tuo drink e parliamo?" propose Nadira, prendendo una sedia dall'altra parte del tavolo. "Non si dica mai che le persone di questa città sono inospitali."

Lo straniero bevve un goccio del suo drink.

"Bene." Nadira annuì con approvazione. "Ora dicci tutto."

"Cosa volete che dica?" Lo straniero guardava con esitazione da Nadira a Uma, che lo circondavano.

"Dicci perché sei qui. Come ci hai trovato? Quasi nessuno viene in visita, quindi a cosa dobbiamo l'onore?" chiese Uma in maniera cortese.

"Posso bere un altro goccio del mio drink?"

"Prego." Nadira stese la mano verso il bicchiere sudicio.

"Si unisce a me?" chiese lo straniero.

"Certo," sorrise Nadira. "Uma?"

Uma si diresse verso il bancone e tornò con un cestello del ghiaccio e due bicchieri persino più sozzi del primo. Versò da bere e fece scivolare il bicchiere sul tavolo verso Nadira prima di servirsi a sua volta.

"Alla nostra nuova conoscenza." Nadira sollevò il bicchiere.

"Alla brava gente di...," lo straniero fece una pausa. "Com'è che si chiama questo posto?"

"I nomi non sono importanti." Uma tracannò una grossa sorsata di arak. "Ora, perché sei qui?"

"E sii sincero," disse Nadira con fare incoraggiante.

"Vengo dal *Bazar*. Probabilmente non lo sapete, ma siamo il cuore del commercio indiano. Siamo la più grande piattaforma dai tempi di *Amazon* negli anni 20, e cerchiamo sempre di espandere il nostro mercato. La maggior parte dell'India compra direttamente da noi a prezzi competitivi. Dalla salute all'intrattenimento, ve lo procuriamo noi." Lo straniero si stava animando, il fiume di parole che lasciava le sue labbra era evidentemente ripetuto spesso e con convinzione. Tutto quello che mancava era...

"Posso usare il mio comunicatore in vetro?" chiese lo straniero.

"Certo, tanto non riuscirai ad accedere alla rete nazionale da qui." Nadira scrollò le spalle.

Lo straniero sfiorò il vetro e un grande grafico sferico in 3D si materializzò sul tavolo. "Questo è il nostro modello di business: colleghiamo i fornitori ai consumatori in base alla vicinanza. Creiamo contratti a lungo termine tra i due, e i nostri algoritmi prevedono con accuratezza quando la merce si rovinerà, o la tecnologia diventerà obsoleta, e facciamo risparmiare tempo suggerendo sostituzioni ai nostri consumatori. È tutto molto figo. Lasciate che ve lo mostri."

Una serie di olovideo con uomini e donne attraenti che facevano banali cose quotidiane iniziarono a recitare. Lo straniero ci parlò sopra.

"Non dovete mai badare a quando l'aria condizionata sta per rompersi: abbiamo squadre di servizio pronte a intervenire con anticipo, in base ai dati ricevuti dall'unità di raffreddamento, o dal microonde, o dalla lavatrice, o qualsiasi altro elettrodomestico, davvero, con un abbonamento annuale. Non dovete mai ricordarvi di ordinare le medicine! Tracciamo le prescrizioni e la vostra storia medica, fissiamo gli appuntamenti dal dottore in base ai dati del vostro smartwatch, e vi seguiamo nella convalescenza con pacchetti di automedicazione che vi aiutano a rilassarvi: ovviamente, questi pacchetti sono acquistabili separatamente."

Un adorabile olovideo di cuccioli e gattini che giocavano in un prato iniziò a scorrere.

"Avete animali domestici? Niente paura: conosciamo i loro cibi preferiti. Volete migliorare le vostre abilità? Dallo sportivo della domenica ai seri professionisti, possiamo collegarvi a qualsiasi corso immaginabile. I bambini hanno bisogno di nuovi giocattoli? Analizziamo i dati di milioni di bambini e conosciamo i bisogni di vostro figlio da..."

Nadira sbadigliò, e lo fece rumorosamente, senza preoccuparsi di coprirsi la bocca con la mano.

Lo straniero si fermò a metà frase e la fissò scioccato.

"Sappiamo che cos'è *Il Bazar*. Non siamo selvaggi." Uma alzò gli occhi al cielo.

"Certo. Certo. Scusate, non mi ero reso conto... Passo oltre allora."

"Guarda," Nadira si chinò in avanti, "andiamo oltre questa tiritera pubblicitaria nel cuore di un conglomerato che ha tolto capacità d'impresa a ogni singolo creatore indipendente, proprietario di azienda, fornitore di servizi e produttore di beni in questo paese. Vediamo la grande azienda che ha unificato tutto, e voglio dire *tutto*, sotto la sua egida in modo da poter convincere con la persuasione miliardi di persone a consumare esattamente ciò che consiglia in modo da massimizzare i profitti. Sappiamo chi siete: anche noi non abbiamo altra scelta che ordinare un sacco dei nostri beni di prima necessità da voi."

Lo straniero aprì la bocca, ma Nadira sollevò la mano. "Hai dimenticato di dirci come curate l'intrattenimento per propagare appropriati segnali culturali e aspettative dalla massa, ma sappiamo anche questo."

"*StreamMax Bazar* era il mio prossimo punto," mormorò lo straniero, abbassando lo sguardo sul tavolo davanti a lui.

"Giusto. Quindi arriviamo un attimo al motivo per cui sei qui," disse Nadira, sorseggiando il suo arak. Si chinò in avanti e picchiettò sul tavolo con il suo bastone elettrico. "E fai veloce."

"Ho notato un difetto nei miei dati dalla periferia di New Luru: questo distretto. Ho preso lauree all'IIMA, al MIT e ad Harvard: sono stato l'unico capace di trovarlo per una ragione." Lo straniero sorrise tronfio. "Una volta che riporterò le mie scoperte, sarò promosso da *Business development manager* a *Lead business developer*, o forse anche *Director of product*, non avete idea..."

"Non ce ne frega nulla," disse Uma.

"Vai avanti," tagliò corto Nadira.

Lo straniero trasalì, poi deglutì prima di continuare. "Nessuno dei vostri dati è conforme alle tendenze di acquisto dei consumatori in qualsiasi altro posto della regione. Qualsiasi altro posto del mondo, a dire il vero. Le vostre storie di acquisto attraverso i diciassette codici pin di questo distretto sono bizzarre: gli ultimi cinque, da soli, sono per molle, un mucchio di fili isolati, vecchi CD, vaschette di ghiaccio e semiconduttori. Le quantità indicano un'industria di piccole dimensioni qui, ma non ce n'è nessuna registrata in questa regione, o visibile sulla mappa." Lo straniero si schiarì la gola e il suo ghigno tronfio rispuntò. "Potrei persino aver superato l'algoritmo notandolo, è così piccolo..."

"Ahah," disse Uma, poco impressionata.

"Certo," disse Nadira, sbadigliando.

"Nessuno qui ha un abbonamento a *Cricket 24x7*, o a *Salute Spirituale+*, o anche al canale *Saga Familiare*!" esclamò lo straniero. "È surreale. È un'aberrazione. O volete vivere nel Medioevo, o state costruendo bombe, e io sono qui per scoprire quale delle due cose è vera."

Un silenzio incombette dopo quest'ultima affermazione, e lo straniero si affrettò a riempirlo. "Spero che non stiate costruendo bombe, o io non ne uscirò mai vivo, giusto?" Lo straniero rise e nessuno si unì a lui. "Se non state costruendo bombe, voglio scoprire come riuscite a vivere così, e cercare di convertirvi a una vita migliore."

Lo straniero sorrise con il suo sorriso più vincente.

Uma ridacchiò. Nadira sorrise. "Perché non te lo mostriamo?"

Uno straniero entrò in un bar di una cittadina senza nome. Ordinò una ciotola di noccioline *masala* e un quarto di arak in segno di amicizia. In cambio, sperava di vendere alla città un sogno incredibile che avrebbe potuto essere la sua nuova realtà.

Sconosciute allo straniero, gli abitanti di questa città erano esperti onironauti che avevano attraversato il lato oscuro del suo mondo da sogno. Ogni visione ha il suo riflesso, un capovolgimento sullo specchio, sfuggente al primo sguardo finché non si allungano le mani per afferrarlo e si cade proprio attraverso il muro impercettibile che separa il sogno dall'incubo.

Tornando a quando la città aveva un nome, e non era un'estensione incontrollata della periferia di New Luru, i suoi abitanti erano stati esperti giocattolai. Dire la meraviglia e il piacere portati dai giocattoli e dai burattini dipinti, dagli amuleti di lacca, metallo e bronzo fatti a mano dalla sua gente è un passatempo da vecchi, e la prossima volta che sentite l'inizio di una storia così, potreste fare bene a fermarvi ad ascoltare. Quando *Il Bazar* aveva portato l'economia indiana a nuovi orizzonti di opportunità, aveva sistematicamente cancellato tutto ciò che reputava non redditizio, inclusi i giocattoli fatti a mano che le sue unità intraziendali di produzione di massa automatizzata potevano realizzare a una frazione infinitesimale del costo, senza spazio per l'errore umano, e vendere a un prezzo inferiore: i giocattoli avevano un deterioramento attentamente progettato perché ci fosse una maggiore prevedibilità delle unità di rimpiazzo. Il tutto prevedeva la consegna in un tempo massimo di due giorni.

Niente di tutto questo era accaduto da un giorno all'altro: era stata una lunga, silenziosa discesa nella disperazione per le persone della città, mentre i loro mezzi di sussistenza venivano erosi, il terreno sotto i loro piedi si seccava e si crepava davanti allo sguardo inarrestabile di un futuro commerciale luminoso per un mondo più grande che non si preoccupava più di loro, cancellando le loro identità e la loro cultura da libri di storia che non sarebbero mai stati scritti. Ci era voluto un decennio di povertà, di emarginazione da un futuro che non aveva posto per loro, prima che abbracciassero il loro oblio e lo trasformassero in opportunità.

Nadira Rao e Uma Hegde, fiancheggiate dalle loro forze di sicurezza, guidarono in silenzio lo straniero lungo le strade. Lui manteneva un sorriso cordiale e sicuro, tentando di fare conversazione, ma era incapace di affascinarle con il suo uso insistente di parole come "pittoresco," e "storico," per descrivere i luoghi d'interesse, che fino a quel momento includevano un ufficio postale e vecchie statue polverose con i volti che cadevano in rovina.

Si fermarono a un deposito di autobus, dove carcasse vuote di vetro e metallo scintillavano al sole come le costole luccicanti di una bestia antica nutrita di combustibili fossili. Un frastuono assordante si levò da dietro loro, i suoni del ronzio delle macchine e del clangore del metallo contro il metallo, il sibilo dell'idraulica e lo stridio delle seghe. Zigzagarono in fila indiana attraverso un labirinto formato da parti di veicoli abbandonati: un edificio contorto di tubi e cavi, torri di ruote e coprimozzi, un muro di volanti.

"Straniero," Nadira si fermò all'improvviso, "ecco perché non abbiamo bisogno di te."

Si fece da parte e lo straniero restò a bocca aperta. Ai lati del deposito, fiancheggiata da mattoni esposti e muri di cemento e riparata dal sole da tettoie di lamiera crepate, c'era quella che sembrava essere un'officina densamente popolata da progetti che i suoi occhi non riuscirono a riconoscere a una prima occhiata, senza nessun tipo di catena di montaggio o struttura di alcun tipo.

Ogni cosa, dai motori alle motrici, veniva costruita da zero, usando una varietà di metalli, viti e cavi che sembravano non poter andare bene insieme, ma che erano saldati e uniti sul posto come un puzzle di pezzi di metallo.

Una donna faceva esperimenti con un proiettore olografico improvvisato: invece della lastra piatta del comunicatore di vetro, irradiava verso l'esterno da una sfera di vetro. L'olovideo crescente aveva nitidezza d'immagine e velocità di trasmissione di prima qualità, ma veniva da uno show che lo straniero non aveva mai visto su nessuno dei canali streaming offerti da *StreamMax Bazar.*

Diverse sfere identiche venivano prodotte da un paio di vetrai in una fornace in un avvallamento cavo sulla sinistra, circondato da una densa schiuma ignifuga. Nel frattempo, grandi pannelli di vetro venivano inseriti in un paio di cornici di plastica stampate in 3D, riempiti di circuiti tracciati in maniera intricata, ogni disposizione diversa dall'altra.

"State scherzando." Lo straniero fischiò. "Quel tizio sta costruendo computer?"

"Sì," rispose Uma.

"Qual è lo scopo di costruire tutta questa tecnologia, comunque?" chiese lo straniero. "Non avete modo di usarla."

"Abbiamo una rete Alt-G e il nostro satellite in orbita bassa," disse Uma. "Tutti i nostri software sono costruiti in loco, per rivolgersi ai nostri bisogni specifici e non trasmessi a noi da qualcuno che cerca di controllare i limiti di quello che possiamo farci."

"È una follia!" Lo straniero si muoveva tutt'intorno, assorbendo ogni particolare. "Sapete quanto ci potreste guadagnare?"

"Sì. E no, grazie," disse Uma con calma. "Non lo facciamo per soldi."

"Benvenuto all'officina. Questo è il posto dove chiunque abbia bisogno di nuovi dispositivi e macchine è benvenuto per costruirsele da sé," li interruppe Nadira. "Questo luogo è comune, e tutto ciò che si deve fare è prenotare uno spazio per usarlo."

"Qui tutti possono costruire... tutto?" Lo straniero era sconvolto.

"Non essere sciocco," disse Uma. "Abbiamo consulenti ed esperti, come Nadira. E montagne di piani e progetti."

"Perché?" chiese lo straniero, in qualche modo stupito. "Cosa state cercando di fare?"

"Non l'hai ancora capito?" Uma gli passò vicino e gli fece strada. "Attento alle barriere di vetro intelligente. Dividono l'officina in zone a clima controllato specifico per ogni compito. Riuscirai a distinguerle dal loro bagliore."

L'officina diventava più piena e affollata man mano che procedevano. Intorno a loro, attorcigliate intorno ai muri e striscianti lungo i pilastri c'erano rampicanti zeppe di pomodori, zucche e piselli. Alcune persone con scale a libretto stavano raccogliendo i più maturi, mentre un'altra donna cospargeva i restanti di acqua e nutrienti da un dispositivo portatile. "Tutto biologico," disse Nadira prima che lo straniero potesse chiedere.

Un uomo stava costruendo un elaborato giocattolo per bambini con sua figlia. Una serie di cilindri di legno ben levigati con le estremità appiattite come cucchiai stava sospesa sopra corrispondenti strisce di metallo in colori brillanti. La bambina tirava giù un cilindro e lo lasciava e questo colpiva forte la striscia di metallo. Veniva emessa una nota e suo padre colpiva un diapason per testarla. "Non è ancora quella giusta. Quello che ci serve è..."

"Mai visto costruire un giocattolo meccanico prima?" sogghignò Uma. "I nostri bambini sono incoraggiati a usare l'immaginazione per costruire ciò con cui giocano."

"Perché? Continuo a non capire nulla di tutto questo," disse lo straniero.

"Improvvisiamo e costruiamo tutto da zero, qui," spiegò Nadira mentre lasciavano il deposito di autobus e incontravano le strade malandate all'esterno, prive del ronzio dell'attività che aveva creato un alveare magico pochi secondi prima. "Usiamo le tecnologie esistenti per crearne di nuove che siano più adatte ai nostri bisogni; tecnologie personalizzate che esprimono il nostro modo di vivere e lo enfatizzano, invece di cancellare le nostre identità e assimilarle in una sorta di amorfo ammasso globale."

Lo straniero si arrestò e girò sui suoi tacchi. "L'antico principio della *jugaad*," bisbigliò con voce ispirata.

Nadira e Uma si scambiarono un'occhiata e risero. Uma diede una pacca sulla spalla dell'amica. "Questo tizio è uno spasso."

"Che ho detto?" chiese lo straniero, molto confuso.

"*Jugaad*," sputò fuori Nadira, improvvisamente accigliata, "non è una parola che usiamo alla leggera. È qualcosa a cui le persone nel passato spesso hanno fatto ricorso quando non riuscivano a far quadrare i conti, per cercare di costruire qualcosa dal nulla. È stata idealizzata dai ricchi e dalla gente di città, dai colonizzatori del pensiero e dagli investitori, ma per un sacco di gente era sopravvivenza."

"La state usando per crescere," ragionò lo straniero.

"Sì, ecco perché esitiamo a usare la parola alla leggera anche se ci sono ovvi paralleli con la *jugaad*. Stiamo improvvisando per scelta, non per necessità." Nadira condusse lo straniero verso una serie di oggetti che sembravano grandi scaffali di stoccaggio.

"Qui coltiviamo il nostro cibo. Un altro spazio condiviso: tutti sono responsabili di ciò che coltiviamo e mangiamo in questa comunità," disse Nadira. Indicò una fila di pannelli touch sul muro. "Sensori di temperatura e illuminazione, si regolano automaticamente. Anche l'irrigazione è ottimizzata."

"Quando trovate il tempo di lavorare?" chiese lo straniero. "O non avete veri lavori?"

"Descrivi un vero lavoro," disse Nadira, chinandosi verso una fioriera riempita di aranci bonsai. Colse un'arancia matura e iniziò a sbucciarla.

"Uno che...," lo straniero si sforzò di trovare le parole. "Uno che ti ripaga con il denaro per un'abilità o un servizio, così che tu possa usare quel denaro per... per vivere una vita migliore."

"E che cos'è una vita migliore?" chiese Nadira, infilandosi uno spicchio d'arancia in bocca.

"Una vita con... accesso. Opportunità. Cose."

"Giusto." La voce di Nadira era ovattata mentre masticava e ingoiava. "Esatto."

"Mostriamogli il teatro e liberiamoci di lui," borbottò Uma.

A teatro, file di bambole di legno, tutte a grandezza naturale e dipinte con complicate espressioni facciali e costumi, erano orgogliosamente disposte in stanze lungo quattro piani di spazio in un edificio alto sei piani. Lo straniero si fermò, ammirò la maestria di diverse delle figurine intagliate a mano, il lavoro di lacca e sfiorò con la mano gli intagli in bronzo. "Questa è un'opera meravigliosa!"

"Sì, e *Il Bazar* l'ha ritenuta non redditizia," disse Nadira senza traccia di ironia.

"Hai del coraggio a farti vedere qui."

"Sono solo un dipendente che fa il suo lavoro, alla caccia di prospettive di affari," disse lo straniero.

"La classica scusa ripetuta per secoli che ha portato il mondo a dov'è oggi," disse Uma, scuotendo la testa. "Quando imparerà la gente?"

"Shhh, c'è una registrazione che sta per iniziare allo Studio 4." Nadira fece loro cenno di proseguire. "Vuoi dare un'occhiata a un intrattenimento che non sia pappa predigerita dello streaming?"

"Sì!" Lo straniero corse in avanti eccitato, spingendo la porta pesante dello studio. Su un set inciso e dipinto in maniera complicata stava un cast di bambole di panno e legno, ognuna animata in maniera indipendente dall'intervento umano. Una delle marionette, una donna vestita con jeans strappati e maglietta lisa, gli occhi pesantemente truccati con il kohl, sedeva su uno sgabello da bar, china verso un bancone.

"Uno straniero entrò in un bar di una cittadina senza nome," iniziò. "Ordinò una ciotola di noccioline *masala* e un quarto di arak in segno di amicizia. In cambio, sperava di vendere alla città un sogno incredibile.

"*Vivrai la vita migliore!* disse. *Tecnologia a buon mercato, medicine e intrattenimento per tutti.*

"La barista si chinò in avanti. *Quanto ci costerà?*

"*Libero arbitrio, pensiero indipendente, e la maggior parte dei vostri risparmi,* sogghignò lo straniero.

"*Da dove vieni?* chiese la barista.

"*Da un futuro che presto sarà vostro,* ammiccò lo straniero.

"*Che cosa sei?* chiese la barista.

"*Cosa?* lo straniero era confuso.

"*Predicatore, turista o pellegrino. Cosa sei?* ripeté la barista.

"Lo straniero bevve un sorso del suo arak e rispose…"

"STOP!" gridò qualcuno fuori scena. "Abbiamo un problema tecnico. La nostra tecnologia olografica non funziona. Prendetevi cinque minuti mentre lo risolviamo."

"Dovremmo andare," mormorò Uma. "Queste cose prendono un sacco di tempo, e non c'è niente di peggio di finire incollati a fare un discorsetto di incoraggiamento a una starlet IA tra le riprese."

"Perfetto," disse Nadira, spingendo lo straniero tra le scapole.

"Voglio sentire la battuta finale!" protestò lo straniero.

"Troppo tardi," disse Uma. "*Le birre meravigliose* non viene trasmesso da nessun'altra parte del mondo, e credo che i burattini IA non siano mai comparsi in nessuno dei servizi streaming del *Bazar*, ops."

"Posso leggere il copione? Voglio la battuta finale," insistette lo straniero.

"No."

"Posso inviare un talent scout e fare allo show un'offerta considerevole..."

Uma si voltò, con gli occhi che fiammeggiavano pericolosamente. "Non osare."

Lo straniero sollevò le mani. "Va bene, va bene."

"Penso che sia tempo di andartene, non credi?" disse Nadira, guardando dritto al cielo dove il sole era una palla bassa a ovest.

"Gli faccio strada," disse Uma.

Gli occhi dello straniero si spalancarono mentre osservava le facce di Uma e Nadira. "Aspettate, cosa? Mi state lasciando andare? Mi mostrate la vostra società supersegreta con uno stile di vita alternativo ed è tutto?"

"Ci stai chiedendo di spararti?" chiese Nadira. "Non costruiamo fucili qui, ma possiamo escogitare altri modi per liberarci di te."

"No... solo, perché mi state lasciando andare?" balbettò lo straniero. "Non ci capisco niente."

Uma afferrò lo straniero per il braccio. "È ora di andare. Seguimi."

"Quando ritornerai alla tua vita, quella che consideri normale," Nadira si rivolse allo straniero mentre lui si trascinava via, ancora guardandosi attorno con ottusità, "spero che ti ricorderai che c'è una scelta, che è possibile andare via. Hai visto che si può fare. Lasciare la rete, rifiutare di conformarsi.

Hai visto coi tuoi occhi un'intera città che vive in gioia e pace indipendente dal *Bazar* e tutti i suoi beni e servizi. La vostra non è l'unica via." Nadira scosse la testa. "Forse andrai là fuori e glielo dirai."

Lo straniero lasciò la città senza nome, con più domande senza risposta di quando era arrivato. La città scivolò via, un indimenticabile alone del passato che reimmaginava il futuro.

Marea verde

di Cristina Jurado

traduzione di Rosa Ricciardi

Cristina Jurado (Madrid, 1972) si è laureata in Pubblicità e Relazioni Pubbliche all'Università di Siviglia e ha conseguito un Master in Retorica alla Northwestern University (USA). Scrittrice di fantascienza, fantasy, horror e altri sottogeneri ibridi, ha curato le antologie Alucinadas *(Palabaristas, 2014),* Spanish Women of Wonder *(Palabaristas, 2016),* WhiteStar *(Palabaristas, 2016) e* Infiltradas *(Palabaristas, 2019). Ha curato la rivista* SuperSonic *dedicata alla narrativa di genere per cui ha vinto due premi Ignotus come miglior rivista (2017 e 2018) oltre ad essere riconosciuta dalla European SF Society (ESFS) come miglior Zine nel 2016 e miglior rivista nel 2017. Lavora come editor internazionale per* Apex Magazine *ed è stata guest editor per* The Apex Book of Worls SF#5. *Ha ricevuto altri due premi Ignotus, nel 2016 per il miglior articolo con* Antologías de ciencia ficción en España *(SuperSonic #1) e nel 2017 per il miglior racconto con* La segunda muerte del padre *(Cuentos desde el Otro Lado, Nevsky, 2016). Tra le sue opere figurano il romanzo* Bionautas *(Cerbero, 2018), la novella* CloroFilia *(Cerbero, 2017) e la raccolta di racconti in inglese* Alphaland *(Nevsky 2018).*

> *"Gli alberi e le piante sono nostri alleati.*
> *Saremo liberi se impareremo da loro".*
> Vandana Shiva

Il primo muro verde apparve in via Vaugirard, al numero 252, sul lato dell'edificio che ospitava gli uffici della Banque

Populaire Rives de Paris. Era un edificio ordinario in un quartiere che non aveva nulla di speciale: non era vicino a nessun monumento, non ospitava nessun luogo emblematico e nulla lo rendeva particolarmente interessante. Dall'altra parte della strada c'erano una farmacia, un negozio di abbigliamento a prezzi scontati e Maestro's, un ristorante che offriva pizza, kebab, tacos e naam. Nei portali su entrambi i lati della strada non viveva nessuna persona famosa, e l'unica area verde era l'adiacente Place Adolphe Chérioux, dove c'era un piccolo parco giochi per bambini, proprio accanto alla stazione della metropolitana Vaugirard. La *Lonicera periclymenum*, comunemente conosciuta come caprifoglio, era stata piantata lì, coprendo il muro, spruzzando il paesaggio urbano con un colore smeraldo brillante e portando un sorriso sul volto di Sandrine Tasse che stava per aprire la sua macelleria, situata sul marciapiede opposto.

Il giorno dopo il muro imbiancato del numero 15 di via Torneo a Siviglia, che si affaccia sulle acque addormentate del Gualdalquivir, era stato decorato con una lucente Clematis cirrhosa, aján per i locali. Nei giorni seguenti, discretamente, gli steli cominciarono a invadere le terrazze e i muri adiacenti: così gli abitanti delle case circostanti non si accorsero di nulla finché i fili dell'aján non scesero a toccare il suolo. Chari Martin, un grafico che lavora un paio di porte più giù del numero 15, si è reso conto di quello che stava succedendo solo quando ha visto una salamandra saltare nella finestra del suo ufficio.

Nel quartiere popolare di Nishinari, a Osaka, le pareti esterne della stazione ferroviaria di Tsumori erano uguali a quelle del mattino, ma nel giro di ventiquattro ore si sono ricoperte di Parthenocissus tricuspidata, l'edera giapponese. I passeggeri quasi non se ne erano accorti, troppo impegnati a evitare il loro perenne pessimismo, la crisi finanziaria e la pioggia fine che cadeva sulla baia, ma Taiyo Mori, uno dei capotreno, si fermò per qualche secondo ad accarezzare le giovani foglie appese all'altezza degli occhi.

I lati dei numeri 25 e 26 di Michaelkirchstraße erano macchiati dal verde insultante dell'*Hedera heliz*, comunemente conosciuta come edera. I membri del comitato di quartiere hanno avviato un'indagine la sera stessa per trovare la persona o le persone responsabili della violazione delle leggi emanate dall'amministrazione comunale di Mitte, il quartiere berlinese in cui si trova la strada, che impediscono la decorazione dei muri della città senza il consenso dei vicini. Brita Burwitz, che viveva nell'attico del numero 35, mentre terminava i suoi studi di architettura, si è affrettata a scattare una foto delle piante per fare una rapida ricerca su internet e identificarle.

Il mappamondo era esposto sull'unica parete libera da scaffali nello studio di Saren, situato in un modesto edificio di Hyde Park, nel campus dell'Università di Chicago. I nomi di Parigi, Siviglia, Osaka e Berlino erano trafitti da puntine rosse, dello stesso colore dei fili che li collegavano tra loro e alle altre città di ogni continente. Quella stanza con mattoni a vista, soffitti alti e grandi finestre piene di piante e fiori in vaso, era uno dei centri operativi del movimento.

Saren si guardò intorno: un paio di schermi di computer si contendevano la superficie della sua scrivania e la stampante appoggiata sul condizionatore continuava a sputare fogli di carta. Raccolse l'ultimo che era caduto a terra e sorrise: Minsk era caduto. Prese la spessa matassa di filo rosso e collegò lo spillo infilato sopra la capitale bielorussa con Vilnius. Il filo che scorreva sulla carta creava un disegno sempre più intricato, come un merletto geometrico che aveva conquistato il pianeta. Un disegno poteva essere la materializzazione di un sogno?

Rhum entrò, cantando Seven Nations Army.

"Ho dovuto aspettare quasi un'ora prima che fossero pronti," disse, aprendo il palmo della mano per mostrare i semi."

"Quanti?"

"Mezzo chilo."

"Bene, distribuiamo la merce, stanno chiudendo l'ufficio postale."

La preparazione dei pacchetti fu semplice: una manciata di semi in ognuno, composti da buste di cartone riciclato, il tipo che le sorelle avevano fatto nel laboratorio di materiali sostenibili della Scuola di Ingegneria Molecolare. Furono poi distribuiti e inviati da vari uffici postali lontano dal campus ad altre sorelle del movimento per un'ulteriore distribuzione.

In quel giorno c'erano spedizioni da fare a Naperville, Aurora, Elgin, e varie località principalmente in Illinois e fino a Gary, Indiana. I semi erano stati accuratamente selezionati e abbinati alle specie native più resistenti e testarde di ogni territorio. Loro e i semi erano una marea inarrestabile, estesa e intensa, che portava la trasformazione ovunque approdasse, frutto del lavoro su piante iper-resistenti alle condizioni degli ambienti urbani, capaci di diffondersi rapidamente, di assorbire grandi quantità di CO2 e di crescere senza bisogno di cure specifiche. Queste super-piante erano il risultato del lavoro di un gruppo crescente e attivo, la Marea Verde, sorelle provenienti da molti angoli del pianeta che cercavano di avviare una trasformazione attraverso piccoli ma potenti gesti.

Saren guardò con affetto i sacchi di semi avanzati sul pavimento della piccola cucina. Ogni chicco conteneva una possibilità, un impegno per un futuro più sostenibile e meno disumano, un sogno che aveva preso forma nel tempo. Infatti, il suo primo ricordo della sua infanzia era un raduno di sorelle nell'intercapedine dove viveva, non lontano dal campus dove sua madre lavorava come docente di biochimica. Anche se non era la vista migliore della città, aveva un giardino sul retro dove crescevano legumi, erbe, alcuni frutti e molte verdure, e dove Saren aveva imparato a coltivarle e usarle. Le piante divennero i suoi giocattoli e le molte persone che passavano per la casa, che appartenessero al movimento o fossero semplicemente simpatizzanti, divennero le sue 'sorelle'. Saren aveva appreso tutto dalle sorelle: i nomi delle specie più comuni e la loro genealogia vegetale, le proprietà di ogni esemplare, le condizioni migliori per la semina e la coltivazione, le caratteristiche delle mutazioni più importanti, gli innesti e i trapianti, le stagioni per la semina, la raccolta e la cimatura. Aveva anche imparato che l'esistenza meritevole di essere vissuta era una vita di collaborazione, non di competizione, che le gioie del successo erano più durature se condivise con altri, che la lotta era più sopportabile se portata su molte spalle.

L'idea del movimento non era nuova: esisteva e si stava sviluppando da anni in organizzazioni universitarie nate nell'ultimo decennio con l'intento di superare l'estrema competitività che aveva portato allo spionaggio e al furto di idee tra programmi e laboratori avanzati. Saren, la cui madre era stata una delle fondatrici di Marea Verde, conosceva bene l'idea ed era cresciuta con essa. I colleghi universitari della madre si lamentavano spesso di come gli amministratori prendessero i risultati delle loro ricerche per venderli al miglior offerente, in genere multinazionali intenzionate a monopolizzare una fetta di mercato. Aveva anche raccontato a Saren di come un piccolo e timido blog fosse nato dal malcontento, dalla delusione e dalla necessità di cambiare i meccanismi alla base della ricerca, e di come col tempo fosse diventato una piattaforma alternativa interattiva, un solido archivio di materiale bibliografico e di progetti universitari. Lo avevano chiamato Marea Verde in onore dell'ondata di attivisti antirazzisti, ambientalisti e femministi che erano nati dalle ripetute e condivise delusioni della stanchezza e della solitudine, ma che speravano di risanare il mondo. Il nome permetteva loro di invocare la forza del pianeta perché volevano annientare il sistema.

La crescita del movimento era stata parallela alla loro, come uno degli scalatori che avevano messo in piedi, diligentemente, senza fretta, cercando alleanze, incoraggiando la cooperazione, scalando ostacoli che sembravano insormontabili e ricorrendo al dialogo, alla condivisione e all'empatia. Saren aveva così incontrato centinaia di sorelle che erano passate per la sua casa in un momento o nell'altro, facendo tesoro delle loro conoscenze, consolidando le alleanze e comprendendo sempre meglio le preoccupazioni personali di ognuna secondo il suo background.

Dopo le spedizioni, non restava che aspettare e perlustrare le reti sociali in cerca di notizie di avvistamenti di piante. Le sorelle contattavano i piantatori, che facevano il loro lavoro dall'ombra, e le piante si aggrappavano ai mattoni, per non lasciarli più andare.

"Se solo sapessero che non ha senso tirarli via."

Rhum stava guardando un video di funzionari della città di Austin, Texas, che ripulivano il caprifoglio cresciuto sulle pareti di alcuni edifici nel distretto finanziario.

"Presto ci saranno così tante pareti verdi che non riusciranno a tenere il passo."

Saren accarezzò le foglie di uno dei prototipi che lə fissava dal bancone della cucina. Sapeva che avrebbero raggiunto quel punto. Era stato confermato da diversi modelli di previsione, ma era anche consapevole che ci sarebbero voluti molti muri, migliaia.

"Sto solo aspettando il giorno in cui le finiremo," disse, scuotendo la scatola di puntine rosse.

Quello che Saren e Rhum non potevano immaginare, non così presto comunque, era che c'era un'altra mappa del mondo simile, sebbene virtuale e con punti verdi invece di spilli rossi sopra i nomi delle città, al quartier generale GCI (Global Complex for Innovation) di INTERPOL a Singapore. Ng lo guardava sullo schermo del suo computer dall'unità di sicurezza ambientale.

"Sono dappertutto, sembrano funghi!"

Balli stava parlando dietro di lui con una tazza di tè fumante tra le mani.

Più di settantasei avvistamenti in altrettante città.

"Roba spontanea?"

"Non sembra così, Balli. Di fatto non possiamo fare molto di più che raccogliere informazioni e monitorare la situazione: abbiamo solo un avvertimento nel sistema, ma nessun allarme è stato attivato."

"Pensi che ci siano degli ambientalisti radicali dietro?"

Ng cliccò su STAMPA e incrociò le braccia.

"Non abbiamo rilevato alcuna azione coordinata tra i gruppi che stiamo monitorando. Ora, questo non significa che non l'abbiano fatto. Una cosa del genere può andare avanti solo se dietro c'è qualcuno che la organizza, sarei pronto a scommetterci."

"Perché dici questo?"

Ng prese il mappamondo che era appena uscito dalla stampante e lo mostrò a Balli.

Il primo muro verde è stato segnalato a Parigi, il secondo il giorno successivo a Siviglia. Nel giro di due settimane è sorto un muro verde al giorno e, dopo quindici giorni, questi muri si sono moltiplicati in modo esponenziale. Attualmente sono presenti in ogni continente, in ogni capitale. Nelle ultime ventiquattro ore hanno iniziato a moltiplicarsi nelle città in cui sono sorti. Stanno seguendo uno schema epidemico: prima infettano una città e poi si riproducono".

"Non credo che dovremmo classificarlo come un crimine. Che importanza ha se qualcuno inonda le città di piante? Non è che sporcano o vandalizzano l'arredo urbano, no? In realtà, stanno trasformando orribili giganti di cemento in muri pieni di vita".

"Non è proprio così, Balli. Prima di tutto, sono azioni non autorizzate, non approvate dai regolamenti comunali. In secondo luogo, stanno introducendo specie che si diffondono molto rapidamente con i loro ecosistemi. Abbiamo già ricevuto denunce ufficiali da parte di cittadini che hanno visto proliferare insetti e piccoli rettili intorno alle loro case. Potrebbero essere solo piccoli fastidi, ma se gli avvistamenti continuano a moltiplicarsi non possiamo dire cosa potrebbe accadere. Per di più, sospettiamo che si tratti di specie geneticamente modificate e che quindi costituiscano una violazione del copyright".

"I social network sono pieni di foto e video con commenti positivi. Sembra che molte persone apprezzino il fenomeno".

Ng si appoggiò un po' allo schienale della sedia aderente alla forma.

"Per il momento Balli, per il momento. Mi chiedo quanto tempo ci vorrà prima di ricevere un allarme e che ci venga chiesto di intervenire".

"Immagino che tu sospetti già di qualche gruppo."

Ng si alzò e si diresse verso la finestra alla sua sinistra. L'edificio CGI era nel quartiere di Tanglin, molto vicino ai giardini botanici e nella zona occupata da ambasciate e organizzazioni internazionali.

"Vedi l'edificio del British Council?"

Balli si è avvicinato. "Difficile non accorgersene. È il più alto di quelli che abbiamo davanti."

"Guarda bene e dimmi se c'è qualcosa che ti attira."

Il British Council nascondeva il panorama urbano. Era una massa di pietra e acciaio sulla cui facciata finestre e balconi si dividevano lo spazio.

"Non so, hanno pulito le finestre?"

"Guarda meglio."

Una nuvoletta di uccelli svolazzava in perfetta sincronia sull'edificio. Le finestre erano aperte e vari gruppi di persone stavano chiacchierando sui balconi, alcuni fumando, altri con una tazza in mano, tutti parlando in modo rilassato.

"Sono in pausa caffè? Non so cosa vuoi che ti dica, Ng."

"Guarda la facciata, noti niente di insolito?"

Balli aguzzò la vista, ma l'edificio in stile moderno non sembrava avere nessun dettaglio degno di nota.

"La facciata è coperta d'edera, Balli. E un paio di settimane fa, secondo le mappe online, era pulita."

"La primavera è arrivata da poco."

"Ho confrontato le foto della facciata con quelle degli anni precedenti e questo è il primo anno che si copre d'edera. E in poche settimane. Qualcuno l'ha piantata, come il resto delle pareti verdi. La domanda è chi l'ha fatto e come."

Ng e Balli sarebbero rimasti sorpresi se avessero saputo che un mappamondo simile al loro stava già circolando nella redazione online del World News, a Washington. In ufficio i telefoni non smettevano di squillare mentre i vari schermi, in fondo alla sala principale, mostravano le trasmissioni dei principali notiziari. Orçe, mescolando lo zucchero nel caffè, aspettava impaziente che Cheni terminasse la lettura del suo articolo.

"Mi dai sui nervi con questo rumore di cucchiaino, Orçe, Non puoi tornare alla tua postazione e aspettare che finisca di leggerlo?"

"Non mi muovo da qui finché non mi dici che va dritto in prima pagina."

"Sei così sicuro dell'articolo?"

Orçe posò la tazza sulla scrivania che li separava.

"Si tratta di una notizia importante. Ho fatto un buon lavoro e ti posso assicurare che finora nessuno ha messo in relazione queste apparizioni, o almeno nessuno dei media. Saremo i primi a riportare la notizia, ma non posso garantirtelo se non esce oggi stesso."

"E non merita niente di meno della prima pagina, giusto?"

"Lanciamo una bomba. Ci scommetto qualsiasi cosa che le reti TV riprenderanno la notizia non appena la leggeranno." Orçe rovistò tra i fogli della cartellina che aveva in mano, ne tirò fuori uno e lo piazzò davanti agli occhi di Cheni. Era il mappamondo.

"Guarda qua, è lo schema degli avvistamenti di cui abbiamo notizia. È stato difficile rintracciarli perché non ho potuto chiedere ai miei contatti internazionali per non destare sospetti e farmi soffiare l'esclusiva. Ho dovuto indagare tramite i social e ci è voluto molto tempo. Ti assicuro che è molto di più di ciò che sembra a prima vista."

Cheni passò l'indice sulla superficie della mappa, soffermandosi su ognuna delle città i cui nomi erano in verde e non in nero.

"Gli avvistamenti saranno pure vistosi e si sposeranno anche bene con le iniziative ecologiche di alcuni gruppi spontanei. Ma tu parli di un movimento internazionale, di qualcosa che va molto oltre qualche parete antiestetica ricoperta di piante. Siamo un giornale di prestigio: pubblichiamo notizie, non supposizioni."

"Capo, ho ottenuto il contatto di una delle persone dell'organizzazione che c'è dietro. Ho dati per un reportage approfondito. Non si tratta solo di piante sui muri di un pugno di città. Parliamo di una trasformazione profonda e senza precedenti in quanto rinuncia allo scontro violento ma si struttura in modo organizzato e sostenibile."

"Stai parlando di ciò che credo?"

"Sì, Cheni: è una rivoluzione."

L'allarme si attivò una settimana dopo, quando in tutti i principali nuclei urbani le pareti verdi si erano già moltiplicate.

Ng, che aveva seguito in modo discreto l'evoluzione dell'"epidemia", grazie alle risorse della rete Interpol, stava già lavorando insieme al laboratorio di GCI per identificare e catalogare le specie che continuavano ad apparire, cercando di valutarne l'impatto sull'ambiente infettato. Ciò che li preoccupava di più era la loro resistenza: pur estirpandole, tornavano a nascere con ostinazione, sfidando la buona volontà dei servizi di pulizia locali. L'esclusiva pubblicata da World News li aveva messi sulla pista della Marea Verde, una nuova organizzazione che integrava associazioni ambientaliste già conosciute, militanti ecologisti, gruppi eco-socialisti e antimilitaristi, nonché una nutrita comunità di persone legate al mondo accademico.

Sulla scrivania di Ng arrivò il report firmato da Orçe Taskun, che includeva una gustosa intervista anonima a una delle persone che aveva organizzato la creazione delle pareti. Ng cliccò sul bottone di avvio della videochiamata e in qualche secondo una figura apparve sullo schermo.

"Orçe Taskun? Sono l'agente Ng Guam dell'unità per i reati ambientali dell'Interpol di Singapore."

"Mi aspettavo di essere contattato prima o poi, agente. Immagino sia per il reportage su Marea Verde."

"Esatto. Ho bisogno che risponda ad alcune domande. Le ricordo che avremmo potuto richiedere un interrogatorio ufficiale nel suo paese."

"Potrò anche ringraziarla, ma sa bene che non rivelerò le mie fonti. Comunque, tutti i dati più rilevanti sono nel reportage, per cui non so cosa potrei aggiungere."

"So come funziona questa roba e qualcosa mi dice ha tenuto qualche informazione per i prossimi articoli. In fondo perché dovrebbe rivelare tutto subito? Sono proprio quei dati che m'interessano."

"A quanto ne so, Marea Verde è un movimento pacifico che non infrange alcuna legge, agente Guam."

"Ne parla come se fossero quasi eroi."

"Forse intende dire eroine, è formato per la maggior parte da donne. Il movimento, come potrà leggere nell'articolo, è nato come uno strumento per canalizzare le energie riformatrici di un pugno di giovani con aspirazioni scientifiche e con il passare del tempo si è trasformato in un'iniziativa internazionale ben calibrata, che antepone il bene comune ai profitti dei singoli. Non so se ha presente... persone che avevano tentato la fortuna tramite i canali convenzionali, imprese private o organismi governativi, e che hanno provato sulla loro pelle come il sistema divori e schiavizzi attraverso l'ultra-consumo, che nella maggior parte dei casi resta inafferrabile."

"Quelle azioni sono illegali e lo sanno anche loro. Ignorano le ordinanze municipali e locali, per non parlare dei brevetti delle piante. Per questo si nascondono."

Orçe sorrise dall'altro lato dello schermo. Ng non poteva sapere che non si trattava di una reazione al suo commento, ma che sorrideva per una notifica apparsa sullo schermo: Saren gli aveva appena inviato le immagini di nuovi giardini verticali apparsi a Città del Capo, San Pietroburgo e Milano.

"Lei è sicuro? I giardini verticali mi sembrano abbastanza appariscenti. Se avessero voluto nascondersi avrebbero optato per delle performance più discrete, non crede?"

"Ciò che ci interessa è il modo in cui si sono organizzati per piantarli ovunque. Nessuno degli attivisti del nostro archivio ha realizzato movimenti sospetti negli ultimi mesi, per cui avranno architettato questo progetto internazionale in un altro modo. Il mio sospetto è che si siano organizzati tramite i social o le applicazioni per sfruttarne la crittografia."

"Tutto è possibile, agente, ma io non le posso anticipare cose che, magari, verranno fuori nei prossimi giorni..."

"Allora sa qualcosa, non è vero? Non rivela niente per preservare la prossima esclusiva."

"Pensi ciò che vuole. Può chiedere un'ingiunzione se lo ritiene opportuno, ma mi appellerò al diritto di protezione delle fonti. Nessun giudice considererà questi giardini urbani un pericolo tale da firmare un atto del genere. Dovrebbe prendere appunti e piantare qualcosa dove vive lei."

"Staremo a vedere. Se stanno introducendo specie aliene in grado di modificare gli ecosistemi esistenti, potrebbero esserci le condizioni per accusarli di attentato alla salute pubblica. In più, se pensa che, nonostante gli sforzi per estirparle, continuano a riapparire..."

"La natura è molto resiliente, agente Guam."

"Lei le chiama super piante. Il nostro laboratorio parla di organismi geneticamente modificati. Non so come abbiano fatto, ma sono riuscite a farle riprodurre a partire dalle minuscole tracce di RNA che lasciano sulle superfici con cui vengono a contatto. Le ricordo che queste modifiche non sono autorizzate, per non parlare di chissà che tipo di brevetti abbiano usato."

"Ha ragione, potrebbero riuscire in cose sconcertanti, come per esempio rendere le nostre città più vivibili.

Quando le emissioni di anidride carbonica diminuiranno, forse le autorità smetteranno di perseguitarle e si uniranno al movimento. E nonostante io non sia uno dei portavoce di Marea Verde, mi sento di dirle che questo è solo l'inizio."

Ng abbassò lo sguardo sul mappamondo che aveva sistemato sulla scrivania. Era coperto interamente di punti verdi.

Nessuna seminatrice aveva avuto bisogno di mappe. Erano donne che non consumavano perché non avevano soldi, che non votavano perché non erano registrate da nessuna parte, che non seguivano la moda poiché usavano i vestiti solo per coprirsi, che non importavano a nessuno ed erano guidate dall'istinto della necessità.

Erano figlie della strada, avevano imparato a forza di colpi che l'invisibilità era la loro migliore alleata per la sopravvivenza. Sapevano quali strade evitare, quali marciapiedi erano migliori di altri, quali luoghi potevano nasconderle meglio da occhi indiscreti, gli occhi di coloro che, sempre indaffarati, camminavano di fretta da un posto all'altro, con troppe faccende e così poco tempo.

Loro, al contrario, avevano tutto il tempo che agli altri mancava e grazie a quel tempo riuscivano a vedere una città diversa da quella che appariva agli sguardi dei passanti. La città era per loro un perenne percorso a ostacoli che tentava di inghiottirle, a cui loro cercavano di resistere come potevano nonostante le droghe, la prostituzione e le malattie mentali.

Donne umiliate da altre donne e altri uomini, rifiutate dalle loro famiglie e dai loro amici, messe all'angolo dalla povertà, allontanate dalla società che taceva riguardo la loro esistenza per renderle ancora più invisibili.

Donne che non avevano nulla da perdere, che nessuno controllava e che non rendevano conto a nessuno: operaie, contadine, professioniste e sportive, donne cadute nell'amaro oblio dell'emarginazione. Nessuno poteva intercettarle perché si muovevano con leggerezza, senza lasciare traccia. In più, nelle ore in cui mettevano in atto la loro magia, la città dormiva il sonno profondo delle pance piene e delle menti letargiche.

Per Cosima non fu necessaria né un'applicazione di geolocalizzazione, tra l'altro non aveva neppure uno smartphone, né tantomeno una mappa per trovare l'edificio. Erano anni che camminava per le strade e ne conosceva la mappa come il proprio corpo. Era arrivata alla conclusione che la città era il suo riflesso: se aveva mal di testa, non poteva fare a meno di pensare che fosse a causa degli ingorghi delle auto; quando la pioggia si riversava sui marciapiedi aveva voglia di piangere e nei giorni festivi le sembrava di riuscire a respirare meglio.

Camminava con una mano in tasca e con l'altra trascinava un vecchio carrello della spesa in cui teneva le sue cose. Procedeva con passo fermo e costante, ma senza fretta. Sapeva che la parete l'avrebbe aspettata tutto il tempo necessario. Era il vantaggio delle costruzioni: l'affidabilità.

Riconobbe l'edificio in un istante o, per meglio dire, decise che una delle sue pareti era la prescelta quando vide le crepe piene di terra ammassata alla base.

Alcune compagne le avevano detto che ci volevano giorni per trovare i palazzi giusti; lei poté solo sorridere e fare un delicato segno di disapprovazione con la testa.

Cosima si lasciò guidare dalle fessure lungo i marciapiedi. Mentre camminava, lasciava cadere i semi in tutte quelle che incontrava, coprendoli con la terra presa da una vecchia scatola Tupperware scolorita che riempiva ogni volta che attraversava un parco. La ragazza con i rasta, la studentessa, dopo averle dato le provviste per alcuni giorni, le aveva spiegato che bastavano pochi semi per cambiare il mondo. All'inizio non le aveva creduto, ma quando aveva visto la sua amica Mel mostrare con orgoglio una parete ricoperta di piante in uno dei viali della zona ovest della città, si era convinta che anche lei avrebbe potuto cambiare l'arredamento della sua casa. Non era d'accordo con chi la definiva una senzatetto: tutta la città era la sua casa e ora, con tutte quelle sfumature di verde punteggiate di fiori, aveva iniziato a sembrare più bella.

Nessuno si accorgeva di queste donne e non c'era modo di impedire loro di continuare a piantare i semi che avevano ricevuto. Le giovani donne, che con lo zaino in spalla distribuivano i semi, le incontravano per strada e offrivano loro provviste mentre chiacchieravano. Parlavano loro come se esistessero, come se le loro opinioni fossero importanti. Facevano domande sulle loro abitudini quotidiane, sui luoghi in cui dormivano, su dove si muovevano e su come la vita in strada potesse essere migliorata. Registravano le loro risposte, annotavano le loro idee e le facevano sentire importanti, come se le loro esperienze contassero improvvisamente qualcosa, come se loro, le studentesse, avessero bisogno di imparare la saggezza di quelle donne che di solito venivano evitate.

Cosima non ebbe modo di accertarsi se fossero vere studentesse, benché, per quanto la riguardasse, la facessero sentire una professoressa.

In cambio, parlavano ai nomadi della possibilità di cambiare le cose, di creare spazi urbani, di renderli più igienici, di trasformarli in luoghi in cui le donne che li consideravano le loro case potessero sentirsi al sicuro: volevano renderli più puliti, ordinati e accessibili. Si definivano "sorelle della Marea Verde", anche se tra loro c'erano alcuni uomini e persone provenienti da altri collettivi. Avevano dato loro la libertà di seminare ovunque avessero pensato fosse una buona idea, dando valore alla loro saggezza di strada.

A Cosima quel compito piaceva. Quando tornava nei luoghi in cui aveva seminato e vedeva la forza con cui i fusti verdi si aggrappavano alle sporgenze delle facciate, quando respirava il profumo dei fiori che pendevano dai giardini verticali, quando alzava lo sguardo e il grigio e il marrone non erano più i colori dominanti del paesaggio urbano, sentiva il suo corpo farsi più leggero e faticava meno a portate il carrello, a cercare qualcosa da mangiare nei cassonetti o a trovare un riparo per dormire.

Nonostante i cittadini o i servizi municipali cercassero di estirpare i cespugli che si arrampicavano in alto, le gemme tornavano ostinate ad aprirsi ancora più velocemente, con più energia, moltiplicandosi fino a coprire superfici che prima erano libere.

Il verde si stava appropriando della città.

Come Cosima, altre migliaia di donne dalle Ande, dalle steppe, dalle coste, dai monti, dall'artico e dai porti, dalle Alpi, dagli altipiani, dalla pampa, dalle rocce, dai campi, dalle spiagge, dalle isole, dalle coste e dalle penisole, dal deserto e dai ghiacciai, dai pantani, dagli orti, dalle cittadine e dalle frontiere, dalle zone suburbane e litoranee, donne che avevano appena iniziato a sanguinare, altre che avevano smesso di farlo, donne senza un passato ma con un futuro, donne valorose e sagge, donne che lavoravano con altre donne e altre ancora. Tutte con il potere di trasformare tra le proprie mani, lasciando semi in ogni angolo delle città, nelle crepe dell'asfalto e dei mattoni, aggrappandosi ai bordi dei gusci di vetro e acciaio, ricoprendo le recinzioni e il filo spinato, i cancelli e i muri.

Dal suolo crepato dei parcheggi, dai fossi e dalle buche, dai terreni desolati e i parchi abbandonati, dagli edifici in rovina e dalle opere in costruzione fino alle terrazze e ai gazebo, dai solarium alle tettoie marciava un esercito di esseri invisibili: donne trasparenti che nessuno considerava, agenti impossibili da intercettare, senza niente da perdere.

Nessuna organizzazione, nessun governo e nessun corpo di sicurezza sovranazionale poteva contenere la Marea Verde. Le foglie, i rami, i tralci, i fiori e persino i frutti rimpiazzarono i mattoni e il metallo.

E il pianeta, alla fine, respirò.

Felce dorata

Lucie Lukačovičová

traduzione di Francesca Secci

Lucie è una scrittrice, traduttrice e insegnante di scrittura creativa. Nata a Praga, nella Repubblica Ceca, ha vissuto per qualche tempo in Angola, Cuba, Germania, Inghilterra e India. Ha conseguito un master in Biblioteconomia e Antropologia culturale presso la Charles University di Praga. Ha pubblicato oltre cento racconti in ceco, molti articoli, cinque romanzi e altri cinque insieme ad altri autori. Ha ricevuto l'Encouragement Award della European SF Society e ha vinto due volte il prestigioso premio Karel Čapek. Le piacciono gli esperimenti letterari e l'unione di generi e sottogeneri: fantascienza, fantasy storico, steampunk, solarpunk e giallo. Ama viaggiare e colleziona leggende, racconti popolari e storie di fantasmi. È stata relatrice in numerose conferenze in tutto il mondo (Spagna, Croazia, Cina ecc.) Ha pubblicato racconti e poesie in inglese, tedesco, cinese, rumeno e kannada. Potete trovarla su: http://lucie.lukacovicova.cz/

Andai nel bosco di noccioli,
perché c'era un fuoco nella mia testa.
W. B. Yeats

"Se qualcuno di voi mette piede nella mia proprietà," urlò il vecchio, scuotendo il bastone, "scuoierò vivo il vostro cane e vi farò mangiare la pelle!"

Il giovanotto che stava cercando di scavalcare la recinzione in legno per entrare nel giardino gridò e sparì più velocemente che poté. Il resto della banda fece lo stesso.

Jiří Novák, il proprietario del giardino incolto e della casa in legno, era conosciuto solo come Starej Jirka – Vecchio Giorgio – e il suo brutto carattere era oggetto di leggende nel villaggio. Nessuno osava dubitare delle sue minacce, per quanto assurde. Nessuno era sicuro che il vecchio non fosse capace di realizzarle e nessuno voleva metterlo alla prova.

La sua casa era la più lontana dal bosco, un po' isolata dal resto del villaggio. Non aveva figli; si diceva che avesse ucciso sua moglie e che dalla sua morte il suo brutto carattere fosse persino peggiorato.

"Markéta? Tutto bene?" chiese Starej Jirka quando ritornò alla casa dove si nascondeva una sedicenne.

Markéta annuì, il cuore che ancora le martellava in petto dopo la lunga corsa e un salto temerario oltre la recinzione per raggiungere la salvezza nel giardino del vecchio.

"Cos'è successo stavolta?" chiese lui con noncuranza. Spense una canzone antiquata che proveniva dalla radio online e mise su il bollitore. Lanciò uno sguardo fuori dalla finestra, ma i ragazzi erano spariti dalla vista come se i diavoli dell'inferno stessero dando loro la caccia.

Markéta si sedette nella cucina come aveva fatto tante altre volte prima. Da quando Starej Jirka l'aveva trovata a piangere nel capanno del suo giardino dopo una lite con i ragazzi dei vicini alcuni anni prima, la sua casa disordinata era diventata il suo rifugio.

"Ho trovato un amuleto nel bosco, vicino a un torrente," disse lei lentamente, "e volevano prendermelo, solo per divertimento. Non so da dove gli vengano queste stupide idee."

"E...?"

"Ho dato un calcio nello stomaco a quello più alto e sono scappata."

"Ben fatto!" sogghignò Starej Jirka.

Non dice mai niente del tipo: Combattere è da maschiacci, pensò Markéta.

"L'intero villaggio li ha visti rincorrermi e nessuno ha fatto niente," si lamentò con amarezza. Non che si aspettasse nient'altro, ma faceva male comunque. *E mia madre direbbe: Non avresti dovuto provocarli. I ragazzi sono ragazzi.*

"Dovresti davvero andare a studiare in città." Starej Jirka mise due tazze di tè su un tavolo cigolante e non esattamente pulito. "Questo posto non ha niente da offrirti. Dopo che le Foreste Lontane sono andate perse con la catastrofe dell'arsenico, il tempo qui si è fermato. Sei troppo giovane, non puoi ricordartelo; il villaggio era più grande, si parlava di sviluppo della regione. Ma anche se le autorità dicono che questo posto è sicuro, è ancora troppo vicino alle Foreste. Molti abitanti e tutti gli investitori se ne sono andati." Fece una pausa, poi lanciò a Markéta uno sguardo indagatore. "Sei così in gamba coi computer e gli altri aggeggi. Ma che faresti qui? Ti vuoi occupare del nostro trascurato impianto fotovoltaico? O riparare occasionalmente una macchina elettrica o un sistema audio, se i ragazzi li rompono durante una festa selvaggia e una sbornia?"

"Non posso negare che sono stanca di ascoltare i commenti dei vicini quando dicono che una ragazza rispettabile non dovrebbe essere così alta, chiedono quando avrò figli e mi consigliano di pregare affinché le mie figlie non ereditino la mia altezza..."

"Ma...?"

"La salute di mamma è peggiorata. Stamattina siamo andate alla clinica più vicina."

"A quella privata e costosa?"

"E dai. Quella che ci possiamo permettere, finanziata dallo stato. Il dottore ha detto che non era sicuro della diagnosi, ma i sintomi sono allarmanti. Abbiamo preso un appuntamento per altri accertamenti. Ecco perché avevo davvero bisogno di una lunga camminata nelle profondità della foresta. Sono preoccupata. E se partissi per la città, chi si prenderebbe cura di mamma? Non accetterebbe l'aiuto dei vicini, sai che non vuole essere un peso per nessuno."

Mise l'amuleto sul tavolo e prese la tazza con entrambe le mani come se potesse trovare consolazione nel suo calore.

Dopo un momento di silenzio Markéta sollevò gli occhi e trovò Starej Jirka che fissava l'amuleto. Era più piccolo del suo palmo, fatto di legno e con una decorazione incisa a forma di spirale incoronata da foglie. Era appeso a uno spago.

"Cosa c'è?" bisbigliò. *Sembra... quasi spaventato.* L'idea di Starej Jirka impaurito la sorprese.

"Felce dorata," disse il vecchio come parlando nel sonno.

"Cosa? La felce dorata? Come nella fiaba? Segnala tesori nascosti, rimuove maledizioni, riporta la salute?"

Starej Jirka rimase in silenzio per un bel po'.

"Sì, una specie," rispose infine. "O almeno così era."

"Che cos'è?"

"Che cos'*era*," la corresse lui. "Era una casa farmaceutica ceca indipendente e la spirale che vedi era il suo logo. Fu fondata da un gruppo di esperti scienziati cechi che prima lavoravano in un'azienda per neutralizzare la calamità dell'arsenico nelle Foreste Lontane con metodi innovativi."

"Indipendenti? Pensavo che le Foreste appartenessero a uno di quei giganti internazionali produttori di farmaci."

"La direzione dell'azienda chiuse velocemente il suo impianto di additivi per mangimi per pollame pieno di arsenico. Licenziò l'AD, Pavel Svoboda, ho sentito dire che si è suicidato. Vendette i lotti di terra ai locali prima che fosse resa nota la contaminazione dell'intera area. In questo modo l'azienda riuscì a minimizzare le perdite e lo stato non poté obbligarla a ripulire il suo stesso casino."

"Questo è...," per un momento si sforzò di trovare una parola che non fosse volgare, "atroce...," Deglutì. "Qualcosa è andato storto con la Felce Dorata, vero?"

"Gli scienziati della Felce Dorata presero un piccolo aereo per andare nelle Foreste a consegnare medicine e cibo, e fare test sul campo per mettere in pratica la loro soluzione alla catastrofe. Ma non arrivarono mai." Starej Jirka bevve un sorso di tè. "L'aereo si schiantò da qualche parte nel bosco tra le Foreste e la città di arenaria. Non fu mai recuperato, né lo furono i corpi dei cinque passeggeri. La Felce Dorata morì con loro e le Foreste Lontane sono state dichiarate inaccessibili da allora," concluse cupo.

"Ma qualcuno ha inciso il loro logo su questo amuleto," disse Markéta sbalordita. Tracciò le linee dell'incisione con le punte delle dita. "Potrebbe essere qualcuno del nostro villaggio che vuole ancora ricordare...?"

"Difficile." La sua faccia diventò seria e impenetrabile. "Si è parlato assai poco della Felce Dorata, qui. Le persone volevano solo essere rassicurate che l'avvelenamento non le riguardasse e la metà di loro stava già facendo comunque i bagagli. C'è stata una compravendita caotica degli edifici, si sono verificate alcune truffe, è stato un po' incontrollato."

Lei sospirò.

"È successo anni fa," disse lui con voce rassicurante. "Alle persone non piace pensare alle cose orribili accadute vicino alla soglia di casa loro. E io potrei aver confuso una semplice spirale con il logo. Sono vecchio, Markéta, e continuo a invecchiare. Devi prendere ciò che dico *cum grano salis*."

Markéta fece una deviazione e camminò attorno all'impianto fotovoltaico che forniva elettricità all'intero villaggio. Passò lungo l'invertitore, il centralino e gli accumulatori a volano: ruote in fibra di carbonio composita che funzionavano nel vuoto, su supporti magnetici, in cilindri radicati nel terreno. Ascoltò il ronzio familiare del trasformatore a olio montato sul palo che la calmò. Riuscì a sgattaiolare a casa senza nessun incontro con altri ragazzi del villaggio o vicini.

Preparò la cena per sua madre e scomparve nella sua stanza dicendo che si sentiva stanca.

"Felce Dorata." Ricordava la fiaba ceca sulla strana pianta che poteva essere trovata e raccolta solo da una persona virtuosa in caso di bisogno. Si sedette al computer alla ricerca di vecchi articoli e videocronache.

Toccò l'amuleto di legno. *È rimasto nei boschi tutti questi anni? Apparteneva a qualcuno della spedizione Felce Dorata? Dovrebbe essere due volte più vecchio di me.*

L'incisione di sicuro non era nuova, il materiale aveva visto un po' di piogge e i bordi erano allisciati. *Ma non si sarebbe decomposto dopo tanto tempo?*

Il logo della Felce Dorata brillava sullo schermo. Markéta non aveva dubbi che fossero la stessa spirale e le stesse foglie dell'amuleto. Affascinata, continuò a leggere dell'incidente e della calamità che si era abbattuta sulle Foreste più di tre decenni prima. Quasi tutte le dichiarazioni ufficiali scaricabile dell'azienda erano rilasciate da un certo Tomáš Nevěděl, cosa che trovò grottescamente divertente perché "nevěděl," significa "non sapeva". Non era un cognome straordinario, ma leggermente inusuale.

Improvvisamente raggelò.

"Dolore addominale, diarrea, torpore," lesse a voce alta, "sono sintomi dell'avvelenamento cronico da arsenico...," *Questi sono i sintomi di mamma.* Si costrinse a concentrarsi. *Ma questi sono sintomi anche di un sacco di diverse malattie. Il dottore era giovane, forse senza abbastanza esperienza?* Continuò a leggere. "La diagnosi si fa con l'analisi del sangue, delle urine o dei capelli...," *Ha preso un campione di tutto. Anche i capelli di mamma, cosa che ho trovato strana. Quindi sospetta la causa.*

Considerò le sue opzioni. Da quando la Repubblica Ceca era diventata il più grande produttore mondiale di farmaci, il tenore di vita si era abbassato, rendendo ogni medicina più difficile da comprare, la qualità delle cure mediche era peggiorata ed era abbastanza comune che le aziende acquistassero grossi lotti di terreno. Le multinazionali facevano come volevano, spingendo sempre più i limiti, a volte riuscendo a ottenere eccezioni dalle leggi statali.

Tutto era meglio prima, o almeno questo è quello che gli anziani dicevano che i loro genitori avevano detto loro. Markéta non ricordava in altro modo.

Fissò l'amuleto di legno.

Devo parlarne con Starej Jirka. Adesso.

"Le terapie per l'avvelenamento cronico da arsenico richiedono tempo, sono costose e con esiti incerti. L'arsenico aumenta il rischio di cancro e tua mamma dovrebbe essere controllata anche per questo. Quello che mi preoccupa inoltre...," Starej Jirka tacque. Erano seduti in giardino stavolta, coi cespugli incolti che li nascondevano dalla vista degli estranei. La sera d'estate era calda.

"Da dov'è arrivato l'arsenico?" lo interruppe Markéta.

"Se è un avvelenamento cronico, potrebbe essere nell'acqua o nel cibo..."

"Dell'arsenico sarebbe potuto filtrare nelle falde acquifere dalle Foreste Lontane? Ma perché gli altri abitanti non si sono ammalati? Abbiamo la stessa fonte e i nostri raccolti crescono tutti in quest'area..."

"Non si sono *ancora* ammalati," la corresse. "So di un caso in Argentina in cui gli abitanti del luogo hanno sviluppato un certo grado di resistenza all'arsenico dal momento che erano stati esposti a dosi non letali nell'acqua per lungo tempo. Alcune persone possono essere più resistenti in maniera innata, altre più suscettibili. Per di più, alcuni dei nostri vicini potrebbero già soffrire di alcuni dei sintomi ma attribuirli facilmente a una causa banale. Ma se c'è avvelenamento nell'area, è solo una questione di tempo prima che peggiori. Il problema è che nessuno vorrà prendersene la responsabilità: né lo stato, né le case farmaceutiche. Faranno qualsiasi cosa per rimandare il momento in cui dovranno ammettere che sta succedendo qualcosa qui."

Markéta aveva capito: "Non faranno nulla finché qualcuno morirà e continueranno anon fare nulla perché fornire aiuto significherebbe riconoscere il problema e la necessità di risolverlo. Non abbiamo soldi per cure costose. L'intero villaggio non ha le risorse per affrontare una tale calamità! Non possiamo semplicemente andarcene, nessuno comprerebbe una proprietà così vicina alle Foreste, non a un prezzo ragionevole. Se rimaniamo, saremo lentamente avvelenati. E mia mamma sarà con tutta probabilità la prima a morire." Abbassò la testa.

Poi le venne in mente qualcosa. "Aspetta un minuto! L'aereo!" Si alzò all'improvviso. "L'aereo deve essere pieno fino all'orlo di medicine contro l'avvelenamento da arsenico! Devo trovarlo!"

"Markéta!" Starej Jirka impallidì. "Non puoi andare lì. È oltre le formazioni rocciose. Morirai là. Il terreno è pericoloso, il microclima imprevedibile. So di due adolescenti che ci sono andati per una scommessa. Nessuno li ha mai rivisti."

"Sì, un paio di idioti dieci anni fa, lo so. Ma io non sono come loro, non sono stupida. E sono fatta per combattere e correre, sono fatta per sopravvivere. Tornerò!"

"È stato anni fa. La medicina potrebbe essere andata. Rovinata," continuò lui.

"Non necessariamente," lei scosse la testa. "La maggior parte dei farmaci oggi sono in confezioni sottovuoto e hanno una lunghissima conservazione. Era lo stesso allora. Qualcuna potrebbe ancora essere utilizzabile. Devo provarci!"

"Va bene, maledizione, siediti," sospirò lui. Lei obbedì.

"Bene," continuò lui, "ti dirò qualcosa. L'aereo non portava medicine così. Non troverai farmaci là."

"Quindi che cosa trasportavano?" La sua domanda fu a malapena udibile mentre le si serrava la gola.

"Piante geneticamente modificate, cellule e semi. Moderne erbe curative," disse. "Nessuna confezione resistente."

"È pure meglio! I semi potrebbero aver messo radici nella foresta e attecchito. Devo solo trovare il luogo dello schianto."

"Markéta, ascoltami. Non è stato un incidente; l'aereo è stato sabotato. Il timone dello stabilizzatore orizzontale, che il pilota aveva controllato un giorno prima del volo, improvvisamente ha smesso di funzionare e l'aereo è diventato incontrollabile. È salito in verticale; poi è caduto. Sono riusciti a espellere il carburante in tempo mentre cadevano, quindi non sono bruciati, ma questo è quanto. Qualcuno non voleva che la Felce Dorata avesse successo. Penso che non sia rimasto niente. Rischieresti la tua giovane vita per nulla."

Ci fu un lungo silenzio tra loro.

Lei si chinò leggermente in avanti. "E tu come lo sai? Non c'è stata una parola su queste cose nei telegiornali, per quanto ne so."

Lui esitò, poi parlò piano:

"In realtà... I cinque passeggeri sono davvero morti. Ma il pilota è sopravvissuto. Ha preso una botta in testa, ma è riuscito a strisciare fuori dalla cabina e attraversare la città di arenaria e a uscire dalla foresta. Io sono quello che l'ha trovato, ho parlato con lui, anche se delirava. La vista dei corpi smembrati e mutilati dei suoi amici e colleghi lo perseguiterà per il resto della sua vita."

"Che... che ne è stato di lui?"

"È sparito nel vasto mondo e non ho mai più sentito parlare di lui."

Markéta sospirò: "Devo andare, con la tua approvazione o meno. Non rimarrò ferma qui a guardare mia madre morire."

"E la sua opinione?"

"Sì, le dirò dove vado. Ma sai che ho smesso di chiederle il permesso per tutto circa sei anni fa." *Perché non mi ha mai sostenuto, mai difeso, si è limitata a dirmi sempre che la vita è piena di avversità e ingiustizie che devono semplicemente essere sopportate.* Ma sentiva che la diversa visione del mondo di sua madre non era un valido motivo per starsene seduti a casa e non fare niente. *Andrò. Tornerò, la salverò! Forse per amore? Forse per provarle il mio valore?*

"Aspetta almeno che la diagnosi sia confermata," la pregò Starej Jirka.

"Va bene. Gli esiti dovrebbero essere inviati al mio e al suo cellulare," annuì Markéta.

"Poi, faremo un accordo. Mi farai sapere gli esiti, mi inoltrerai le informazioni. Se è davvero avvelenamento da arsenico, ti dirò tutto ciò che so sulla città di arenaria. E ti darò tutti i dettagli che riesco a ricordare sulla posizione del luogo dello schianto. Ma io non ti ho detto niente."

"Affare fatto!" Si strinsero la mano per suggellare l'accordo e Markéta se ne andò, saltando oltre la recinzione nella notte.

Starej Jirka rimase a sedere in silenzio nel giardino per un po'. Fece scorrere distrattamente le dita attraverso i suoi capelli ancora folti sul punto in cui ricoprivano una tremenda cicatrice di tre decenni prima.

La foresta all'alba era un luogo stranamente pacifico. Gli uccelli cantavano dai loro nascondigli sugli alberi, il buio si trasformava in luce.

Markéta continuò a camminare con decisione, conosceva bene i sentieri e i burroni. Camminava dove nessun altro lo faceva, evitava i posti preferiti per gli appuntamenti dei suoi coetanei e i luoghi frequentati per raccogliere frutti di bosco e funghi.

Aveva mantenuto la sua parte dell'accordo con Starej Jirka e così aveva fatto lui. Per un momento pensò a come sua madre aveva urlato e cercato di dissuaderla. *Mi sto sentendo male per questo?* Ogni dubbio sembrava scivolare via con la penombra del mattino. Sua madre e la sua malattia erano il punto d'inizio e il catalizzatore, ma erano scivolati rapidamente sullo sfondo. *Forse sto solo cercando di provare qualcosa... non a lei ma a me stessa? Non lo so. È che odio restare bloccata, incapace di andarmene, incapace di rimanere e di essere contenta della mia vita.*

Aveva con sé acqua e cibo sufficienti, un sacco a pelo e una tenda autoportante per uno ripiegata. Aveva una mappa offline sul suo telefono e anche una fisica: stampata dalla stampante 3D di prima qualità del vecchio con filamenti moderni. Il risultato era una mappa impermeabile, fine, ripiegabile, flessibile ma altamente resistente.

Starej Jirka ha detto che avrebbe cercato di trovare la fonte dell'arsenico. Perché io non mi ero ammalata. Sono solo più resiliente? Potrebbe essere. E poi in realtà non mangio gli stessi pasti. Per la maggior parte dell'anno faccio colazione e pranzo in città, dove l'elettrobus ci porta a scuola...

Un improvviso fruscio la fece arrestare. Poi capì che era solo il vento tra i rami. Attraversò con attenzione un burrone, camminando sopra il tronco di un albero caduto. Davanti a lei c'era la sagoma della città di arenaria. Era una lunga distesa di rocce erte dalla forma strana nel mezzo della foresta. Non era molto estesa, ma formava una sorta di labirinto. Non aveva abbastanza esperienza di alpinismo per cercare di scalarla e le rocce individuali erano in alcuni punti troppo lontane le une dalle altre.

Per evitarla, dovrei camminare a una certa distanza e cercare di arrivare al luogo dello schianto dalla parte opposta, dalla parte delle Foreste Lontane.

Rabbrividì. Nessuno sapeva esattamente cosa fosse successo alle persone che vivevano lì. Alcune erano riuscite a scappare. Altre avevano deciso di restare nella speranza che la Felce Dorata le aiutasse. Secondo alcune voci, avevano dichiarato l'autoquarantena, che era una situazione rara, ma la legge consentiva a una località di essere isolata, sotto circostanze estreme. Consentiva anche allo stato di rinunciare a ogni responsabilità.

Si sono messi davvero in isolamento volontario? Adesso sono tutti morti? È un villaggio fantasma? Ogni cosa nell'area deve essere completamente avvelenata.

Dopo una lunga chiacchierata con Starej Jirka, avevano deciso che avrebbe tentato di attraversare le formazioni di arenaria. Entrò in quello che sembrava un canyon tetro e brullo. In alcune parti doveva appiattirsi tra le rocce, attenta a cercare di non perdersi. I muri erano alti, levigati dal tempo e dall'acqua.

Acqua. Quando le prime gocce di pioggia le caddero sul volto, sentì una scarica di paura. C'era un fiumiciattolo dall'altra parte della formazione e l'azienda l'aveva deviato in modo da sfruttare meglio l'acqua per il suo impianto. Erano riusciti a interferire con il flusso e, quando pioveva o la neve si scioglieva, il comportamento del ruscello era diventato imprevedibile.

Markéta continuò più velocemente che poteva, il cellulare nella mano, controllando la mappa e la bussola. Non c'era nessun segnale tra le rocce. Dopo che svoltava a ogni curva, cercava un terreno sopraelevato che potesse raggiungere. Il cielo era grigio. La pioggia si stava intensificando; un tuono rombò in lontananza, annunciando un temporale estivo. *Oh no, no, no, no. Devo uscire da qui!* Ma si era già addentrata troppo per tornare indietro.

Sentì un vento costante soffiare contro di lei, diventava più forte. Si fermò.

"Merda." Iniziò ad arretrare velocemente, tornando indietro verso il punto da cui era venuta, gli occhi sulla curva verso cui si stava dirigendo in origine. Sperava ancora che la sua paura fosse immotivata.

Quello che vide le diede l'impressione che il terreno avesse cominciato a strisciare. Si sollevava, schizzava il muro di arenaria alla curva e scorreva in avanti.

Markéta si voltò e corse per salvarsi la vita. *Eccolo! È un flash flood!*

Si inerpicò con agitazione sul masso più vicino che le sembrò abbastanza alto. Teneva il cellulare nella bocca, non avendo avuto il tempo di metterlo in tasca. *Qui, nella gola, mi potrebbe annegare come un gattino!*

Lo stretto sentiero abbastanza asciutto sulle rocce si trasformò in un torrente selvaggio che trasportava fango e pezzi di legno. Un momento dopo l'acqua iniziò a riversarsi sulla cengia sopra di lei. La cascata la inzuppò da capo a piedi. Urlò, il telefono rimbalzò sulla roccia e cadde nell'acqua sotto di lei.

L'acquazzone diventava più forte secondo dopo secondo. Strisciò rapidamente sotto una sporgenza rocciosa. Essendo alta, ebbe qualche difficoltà a rannicchiarsi. Non c'era abbastanza spazio, doveva stare raggomitolata, appoggiata allo zaino, quasi incapace di muoversi. La corrente era così forte che avrebbe potuto trascinarla giù nel torrente.

Devo resistere. Iniziò a battere i denti.

Markéta non aveva idea di quanto tempo avesse passato sotto la sporgenza. Le gambe iniziarono a formicolarle e poi si addormentò. Si sentiva intorpidita dal freddo.

Merda. Ipotermia. Non posso stare incastrata qui ancora a lungo.

La cascata diventò finalmente più debole.

Fece in fretta la scelta di quale equipaggiamento poteva fare a meno; controllò la mappa stampata e cercò di strofinare e stendere gli arti almeno un po'.

In un momento, quando la caduta d'acqua fu abbastanza debole, Markéta strisciò da sotto la sporgenza, lasciando la maggior parte dell'equipaggiamento dietro di sé. Si arrampicò più in basso e controllò il fondo del torrente e la forza della corrente con un bastone.

La gola dovrebbe allargarsi presto, dovrei essere vicina alla fine del labirinto.

Toccò l'amuleto di legno che portava intorno al collo. Poi entrò in acqua e iniziò a guadare quanto più veloce osasse e potesse.

Il sole si stava avvicinando all'orizzonte, il cielo era terso e l'aria era calda. La tempesta era andata via velocemente come era arrivata. Markéta barcollava su una radura. Era esausta ma aveva bisogno di trovare prima un posto in cui passare la notte. Senza la tenda non era facile.

Si sentiva come se si fosse potuta addormentare mentre camminava; poi affondò fino alle ginocchia, disorientata.

Sollevò gli occhi. Nel crepuscolo blu e violetto, vide una spirale incoronata con foglie tra gli alberi davanti a lei.

Come in trance camminò verso di essa. Il logo della Felce Dorata era dipinto in ocra scuro sul fianco di un aereo schiantato. Lo toccò con la punta delle dita e iniziò a piangere, sopraffatta dalle emozioni e dalla fatica.

"L'ho trovato!" disse a voce alta. "Ho trovato la Felce Dorata!"

Iniziò rapidamente a cercare in giro.

I rottami erano in parte ricoperti di muschio; alberi e arbusti crescevano attraverso le crepe. Si era disintegrato un poco alla volta nel mezzo della foresta per tutti quegli anni. Ma tutte le piante erano di specie comuni. Nessuna che sembrasse un'erba curativa.

Markéta ingoiò amaro e osò sbirciare dentro. Per un momento si limitò a guardare prima di accorgersi che non c'erano cadaveri all'interno. Guardò di nuovo. C'erano sedili passeggeri rotti e in decomposizione, ma nessuna traccia di persone.

Non c'era neanche alcun segno del carico da nessuna parte. Nessun contenitore, nessun resto di imballaggio.

In un disperato tentativo di scoprire di più, perquisì l'interno dell'aereo con frenesia, accendendo la torcia per vedere meglio. Voleva almeno trovare la scatola nera, avere una vaga idea dai filmati di come dovesse apparire la cosa. Ma la carcassa era vuota come il guscio di una creatura marina morta tanto tempo prima.

Markéta decide di guardare intorno al sito. *Forse sia le persone che il carico erano caduti fuori durante lo schianto? O i cadaveri potevano essere stati divorati, fatti a pezzi e sparpagliati intorno dagli animali?*

Ora la foresta era oscura, il sole era scomparso dietro l'orizzonte.

Markéta cercò di camminare sistematicamente in cerchi sempre più grandi. Improvvisamente scorse qualcosa di leggermente più chiaro tra i tronchi d'albero. Si avvicinò; poi si limitò a fissare sei croci di legno rovinate dalle intemperie che segnalavano sei tombe.

Sei? Non ha alcun senso. Il pilota è sopravvissuto, ce ne dovrebbero essere solo cinque. Starej Jirka mi ha mentito? Ma perché avrebbe dovuto? E la domanda più importante: chi li ha seppelliti senza notificarlo alle autorità? O l'azienda ha taciuto l'informazione per qualche ragione?

Guardò più da vicino. Non c'erano nomi incisi. Solo due delle croci erano fatte di legno più leggero delle altre. Markéta digrignò i denti. Si sentiva stanca e abbattuta. Per un momento considerò l'idea di passare la notte al sito dello schianto, ma scoprì presto che i resti dell'aereo non offrivano un riparo sufficiente.

C'era solo un insediamento abbastanza vicino: le Foreste Lontane in autoquarantena. Fissò le tombe.

Se hanno seppellito i morti, potrebbero anche aver preso le erbe.

Controllò la mappa e iniziò a camminare.

La vista che le si aprì davanti le fece accapponare la pelle. C'era un campo di pannelli solari circondato da una recinzione sbilenca. I pannelli più vicini erano stati fatti a pezzi, non riusciva a vedere bene quelli più lontani. Sembrava che lì si fosse verificata un'apocalisse. Forse perché era così.

Proseguì lentamente intorno ai pannelli, scrutando nell'oscurità con la torcia. La voce della ragione le diceva di accamparsi per la notte, riposarsi, togliersi i vestiti ancora bagnati. Era sfinita e si sentiva debole, era difficile pensare con lucidità.

Presto trovò uno stretto sentiero, sul cui inizio stava una massiccia pietra a forma di croce, *smírčí kříž:* una croce di pacificazione, che di solito segnalava il luogo di un omicidio. Non era così strano, le croci di pacificazione, le croci stradali e le croci di epidemia erano molto comuni nella campagna ceca. Ma erano tutte vecchie, di tempi antichi; questa sembrava nuova.

L'iscrizione su di essa diceva: "Foreste Lontane," e lo stile e la precisione delle lettere rafforzava il suo sospetto che la pietra fosse stata fatta di recente.

Markéta sentì che la spossatezza e la paura stavano avendo la meglio su di lei, come se stesse per svenire da un momento all'altro. Eppure continuava a camminare, con l'adrenalina che le scorreva nei muscoli. Rabbrividì quando individuò la prima casa accanto al sentiero. La porta era sfondata, le finestre spaccate, i muri una volta bianchi ricoperti di croci tracciate in maniera disordinata con vernice spray. Parte del tetto era crollata tanto tempo prima.

Non era sicura che il fruscio nel sottobosco fosse solo il vento o la sua immaginazione turbata. Si avvicinò di soppiatto, con il cuore che le batteva all'impazzata.

All'improvviso un lampo di luce la accecò.

"Ehi, tu!" urlò una voce. "Chi sei? Cosa fai qui?"

Cercò istintivamente di voltarsi e correre ma il suo corpo la tradì. Cadde per terra e nell'oscurità.

"...e cogli fino alla fine del tempi," cantò una voce distante in inglese con un pizzico di accento ceco, "le mele argentate della luna, le mele dorate del sole...,"

Markéta ansimò e cercò di mettersi a sedere, ma non era in grado di farlo, essendo ancora frastornata e debole come se le sue ossa fossero state cave. Almeno riuscì ad aprire gli occhi e guardarsi intorno.

Era in un letto comodo e indossava una morbida camicia da notte. Il posto era pulito e caldo, qualcosa a metà tra un'infermeria e una stanza per gli ospiti. C'erano piante nei vasi e alcuni dispositivi medici: non era sicura della loro funzione.

"Ciao, sono Šebestián. Non preoccuparti," disse un ragazzo circa della sua età, che camminò verso di lei dall'altra parte della stanza. Parlava in ceco: "Era solo stanchezza e in parte ipotermia, presto ti riprenderai del tutto."

Markéta lo fissò per un momento, senza parole. Era alto, biondo, indossava pantaloni lunghi e una camicia bianca, i gesti delle sue mani sembravano leggermente effemminati. Le prime cose che le vennero in mente non erano proprio domande intelligenti, del tipo "Sono morta?" o "Chi sei?", ma riuscì a non dirle ad alta voce.

"Di solito vai in giro a cantare le poesie di Yeats?" chiese alla fine, quando il silenzio si fu trascinato troppo a lungo.

"Questa mi piace," fece spallucce lui.

"Cos'è successo? Cos'è questo posto?" chiese lei con cautela.

"Sei in ospedale," rispose lui con voce rassicurante. "Alle Foreste Lontane."

"Cosa?"

"Quindi è vero. Vieni davvero da fuori." Sembrava estremamente soddisfatto.

"Pensavo che foste... che foste tutti..."

"Morti?" suggerì lui.

La porta si aprì. Entrò un uomo di circa cinquant'anni, seguito da una carrozzina elettrica su cui era seduta una donna dai capelli grigi.

"Come siete sopravvissuti?" esclamò Markéta, rivolgendosi in parte ai due, in parte a Šebestián.

"Noi siamo felici che *tu* lo sia," disse la vecchia con gentilezza. "Non sforzarti." Fermò la carrozzina accanto al letto di Markéta. "Io sono Libuše e lui è Pavel..."

"Pavel Svoboda, piacere di conoscerti," aggiunse l'uomo.

"Svoboda? L'AD? Mi hanno detto che ti eri ucciso," sbottò Markéta, fissando Pavel. "Ma siete tutti sopravvissuti. Dovete avere la medicina! Dovete aiutarmi, per favore. Mia madre sta morendo per avvelenamento da arsenico."

"Calmati e dimmi cos'è successo." La vecchia le toccò la mano. "Dimmi tutto dall'inizio."

Markéta lo fece. Alla fine scoppiò in lacrime e si odiò per aver pianto come una bambina. Soprattutto mentre Šebestián era ancora lì; gli adulti non l'avevano mandato via.

"Hai trovato la Felce Dorata," sorrise Libuše. "Solo quattro persone sono morte nell'incidente aereo. Io sono stata gravemente ferita, mai più capace di camminare di nuovo, ma sono sopravvissuta. Quando sono rinvenuta, ho strisciato fino alla scatola nera e l'ho disabilitata, in modo che smettesse di trasmettere il segnale e che nessuna squadra di ricerca potesse trovarmi. Dopo che il pilota aveva gridato che era un sabotaggio, qualcuno avrebbe voluto assicurarsi che nnon sarei sopravvissuta al trasporto in ospedale, non avevo dubbi in proposito." Sospirò. "Avevamo sottovalutato le macchinazioni dell'azienda. Non temevamo per la nostra sicurezza, pensavamo che Nevěděl ci avrebbe citato in giudizio, non cercato di ucciderci. Dev'essere stato davvero disperato; era il suo lavoro mettere a tacere lo scandalo dell'arsenico. Abbiamo riso di lui quando ha cercato di comprarci ed eravamo pronti a passare le notizie ai giornali, a rovinare il più possibile la reputazione dell'azienda."

"Gli abitanti del paese ti hanno trovata sul sito dello schianto?" ipotizzò Markéta.

"Sì. E con l'aiuto del sindaco e di Pavel abbiamo dichiarato la quarantena autoimposta e lavorato duro per curare le persone senza alcuna interferenza. Abbiamo piantato i semi per pulire la terra dall'avvelenamento e fabbricato le medicine necessarie. In origine, intendevamo mostrare al mondo, mostrare alle aziende, che era molto facile ed economico da risolvere. Abbiamo finito col lavorare in segreto, timorosi per le nostre vite."

"Ma i vostri pannelli solari non funzionano adeguatamente..."

"Alcuni sono rimasti distrutti di proposito. Il campo fotovoltaico sembra più o meno abbandonato se qualcuno lo vede dall'aria, da un piccolo aereo. Lo stesso vale per le case disabitate ai margini del villaggio. Le usiamo come posti di guardia e le teniamo intenzionalmente in cattivo stato."

"Tutti pensano che qui si stia verificando una piccola apocalisse,"comprese Markéta. Esitò prima di parlare di nuovo. "Di chi sono quelle due tombe al sito dello schianto?"

"Di un ragazzo e una ragazza, abbiamo trovato i loro corpi dieci anni fa. Il flash flood li ha imprigionati tra le rocce e sono annegati. Li abbiamo sepolti accanto ai miei colleghi," risposte triste Libuše. "Mi dispiace per ciò che sta accadendo nel tuo villaggio, ma mi allieta la notizia che hai portato. Mi sono sempre chiesta cosa fosse successo a Jiří quando è scomparso senza lasciare traccia."

"Jiří?"

"Il pilota della Felce Dorata. Era amico di Tomáš Nevěděl, prima che lui facesse licenziare Jiří dall'azienda. Facevano entrambi parte dello stesso club di aviazione. Perciò penso che Nevěděl possa aver sabotato personalmente il nostro aereo, non aveva bisogno di assumere nessuno per ucciderci. Ma è solo una mia ipotesi."

"Jiří. Qual è il suo nome completo?" chiese Markéta inquieta.

"Jiří Skála. Perché?"

"Niente. Pensavo solo che forse...," Si zittì. *Starej Jirka è Jiří Novák. È un cognome diverso, ma è comunque una strana coincidenza.* Poi le fu chiaro. "È lui! Ha preso il cognome di sua moglie quando si è trasferito nel nostro villaggio. È passato del tutto inosservato quando c'è stata la compravendita caotica delle case; si è semplicemente sistemato e nessuno lo ha associato alla Felce Dorata. Sono sicura che Starej Jirka non abbia trovato il vostro pilota ferito. Lui *è* il vostro pilota."

Ci fu un silenzio attonito.

"Devo parlare con lui," disse Libuše, con la voce che le tremava leggermente. "Dobbiamo..."

"Šebestián, vieni qui," la interruppe Pavel, rivolgendosi al ragazzo. "L'amuleto è tuo, giusto?" Pavel si accigliò.

"L'ho perso nel labirinto di arenaria e non ho osato tornare indietro a prenderlo," ammise Šebestián. "Un flash flood deve averlo portato dall'altra parte."

"È stato molto imprudente da parte tua. Sia andare alle rocce di arenaria che perdere il ciondolo. Non volevamo che nessuno sapesse di noi, ricordi?" Pavel guardò la vecchia. "Libuše, se contattiamo qualcuno all'esterno e diamo la nostra medicina a degli estranei, l'azienda ci troverà. Scopriranno la verità sulla Felce Dorata."

Markéta rimase senza fiato. "Per favore..."

"Non possiamo nasconderci qui per sempre," disse Libuše con fermezza. "Non è mai stato questo il piano. Non sono mai stata così ingenua da pensare che saremmo stati capaci di tenere isolata la nostra utopia in eterno."

Fissò i suoi occhi blu su Pavel. "Hai passato i contatti dai tuoi giorni come AD al sindaco, in modo che potesse comprare alcuni beni di prima necessità per la comunità. Sembrava uno scambio con un villaggio colpito da una piaga, ma presto o tardi i fornitori scopriranno la verità. Presto o tardi qualche giornalista investigativo verrà e che cosa farai? Li seppellirai in una tomba poco profonda?"

Pavel incrociò le braccia. "Non puoi deciderlo da sola."

Gli adulti se ne andarono. Markéta si asciugò le lacrime e riprese il controllo di sé. Si rimise i suoi vestiti, ora puliti, asciutti e rammendati, mentre Šebestián la aspettava in corridoio.

Alcuni minuti dopo, quando attraversò la porta, divenne evidente che era molto più alta di lui. Ma lui non sembrava affatto sconvolto.

Lei fece un respiro profondo.

"Come siete sopravvissuti, Šebestián? Voglio dire, come funziona esattamente la vostra medicina?" chiese con franchezza. "L'arsenico si accumula nel corpo ed è tremendamente difficile eliminarlo. Causa la morte cellulare e la sindrome da disfunzione multiorgano. Non è come una tosse che puoi curare con le erbe."

Lui sorrise e le fece cenno di seguirlo.

Aveva le chiavi di una cantina spaziosa, proprio sotto l'ospedale.

Markéta oltrepassò la soglia e si guardò intorno con stupore. C'erano bidoni cilindrici di acciaio inossidabile, alcuni appena più grandi di un thermos capiente, altri che raggiungevano l'altezza di una persona adulta. Tutti erano circondati da rivestimenti termici, con annesso un sistema di monitoraggio.

"Bioreattori," evidenziò Šebestián. "Qui coltiviamo le cellule delle piante che usiamo come terapia. Crescono in ambiente controllato e quando si raccolgono, sembrano una sorta di fango verde."

Agitò una fiaschetta con pillole verdi. "Abbiamo tarassaco e broccoli per la vitamina A, perché l'arsenico riduce la quantità di vitamina A nel corpo. Abbiamo modificato l'Escherichia coli con i geni di alcune piante e così siamo capaci di produrre chelanti efficaci e sicuri che si uniscono al veleno e lo espellono dal corpo."

"Questo risolve il problema dei rimedi erboristici," comprese Markéta. "Ogni pianta è diversa in natura, quindi c'è sempre stato un problema con il dosaggio; non sai mai quanto principio attivo contenga la medicina naturale e quanto sia forte. In un bioreattore sai esattamente che cos'hai."

"Pratichiamo fitoterapia moderna al suo meglio," sorrise Šebestián. "Vengo qua regolarmente per aiutare con la manutenzione. Sto lavorando anche sul prototipo di un bioreattore migliorato. Te lo mostrerò più tardi se ti interessa questa roba tecnologica...," Sembrò di colpo un po' intimidito. "Non è ancora stato installato qui."

"Mi piacerebbe moltissimo vederlo. Ho solo un po' di esperienza con computer, elettromobili e con la manutenzione di pannelli solari e accumulatori a volano. Roba da villaggio. Un bioreattore è molto high-tech, vero?"

"Sì. Soprattutto l'equipaggiamento medico. Richiede anche un sacco di conoscenza pregressa per operare con efficacia. Ma Libuše mi dà tutto il supporto. Noi più giovani abbiamo ciascuno un diverso progetto autonomo, in informatica, chimica, biologia molecolare... Tutta roba da Felce Dorata."

"Ma non sei mai andato al liceo, vero?"

"No, ma siamo stati istruiti in maniera intensiva da Libuše, Pavel, i meccanici, i chimici e gli informatici dell'impianto, che hanno perso il loro lavoro e hanno deciso di restare qui. Libuše ci ha promesso che saremmo stati in grado di metterlo a frutto," concluse pensieroso. Rimise la fiaschetta sul suo scaffale. "Usciamo. Ti mostrerò il resto del nostro piccolo miracolo."

Markéta e Šebestián, camminando fianco a fianco, si lasciarono alle spalle il villaggio delle Foreste Lontane. Fango e pozzanghere, i resti dell'acquazzone del giorno prima, facevano ciac ciac sotto i loro piedi. Tutto intorno a loro c'erano alti girasoli, che ondeggiavano leggermente nella brezza, voltandosi per fronteggiare il sole come specchi dorati, come pannelli solari naturali. Crescevano in maniera irregolare, non sembravano un campo vero e proprio da lontano.

"Assorbono l'arsenico dal suolo," spiegò Šebestián. "In posti ombrosi, dove i girasoli non fiorirebbero, abbiamo invece piantato la felce. Le piante sono geneticamente modificate per effettuare la bonifica in maniera efficiente. E possiamo fare olio dai semi di girasole, è di altissima qualità."

"Come può funzionare? Le piante devono essere piene di arsenico," obiettò Markéta. Lanciò un'occhiata diffidente ai girasoli.

"Questa è stata una delle scoperte del gruppo della Felce Dorata: alcune piante iniziano in effetti a produrre più metaboliti secondari se esposte all'arsenico o ad altri metalli velenosi come il piombo o il ferro. L'olio è perfettamente pulito perché, anche se l'arsenico viene conservato nella pianta, è in una parte diversa rispetto ai metaboliti e all'olio. Possiamo anche coltivare lavanda modificata ed erbe medicinali sul suolo contaminato."

Uscirono dall'ombra dei girasoli, superarono il posto di guardia e la croce di pacificazione.

"Libuše ce l'ha fatta costruire per commemorare tutti quelli che hanno perso per niente le loro vite," disse Šebestián seguendo lo sguardo di Markéta. Lei rimase in silenzio.

Presto si misero a girovagare intorno al campo fotovoltaico. Si sentivano solo i canti degli uccelli e un leggero ronzio. Come il villaggio di Markéta, Foreste Lontane era costituito da vecchie case con vecchi tetti, inadatti all'installazione di pannelli solari; per non parlare delle complicazioni in caso d'incendio.

Markéta rimase in silenzio. *Sono così tremendamente invidiosa. Libuše ha preparato i ragazzi del luogo così bene per conservare la sua utopia. O no?*

All'improvviso un'altra idea le attraversò la mente. E se Libuše li stesse in realtà preparando per lasciare questo posto? Tutti li avrebbero voluti come dipendenti. Avevano il know-how della Felce Dorata; possedevano le idee e le procedure di lavoro. Sarebbero andati nel mondo e non sarebbe stato possibile metterli tutti a tacere. Erano loro i veri semi della Felce Dorata?

"Sembri triste," disse Šebestián con gentilezza. "Sei

pronta a incontrare gli altri ragazzi? Ti farebbe felice? Posso fare qualcosa per te?"

"Non sono triste."

"Sei una terribile bugiarda, Markéta. Su. Perché non...? Hai paura di qualcosa?" sembrava disorientato.

"Mi sento tipo impotente. Ce l'ho fatta finora. Ma non dipende da me come finirà. Altri decideranno e non c'è nient'altro che possa fare." Sospirò. Aveva già pensato di scappare via prima che fosse presa qualsiasi decisione, prima che qualcuno potesse fermarla. Ma non si sentiva ancora bene e l'intero risultato di un'azione del genere sembrava terribilmente incerto. Avrebbe solo fatto arrabbiare gli abitanti del villaggio e lei sapeva di aver bisogno del loro sostegno volontario.

Per un momento considerò di rubare il telefono di Šebestián e di chiamare casa, ma non aveva idea di cosa dire eccetto che era viva. Si rese conto che non voleva ancora rispondere alle domande di sua madre o di Jirka.

"Sei grandiosa," la rassicurò lui. "Hai fatto un sacco. Mi piacerebbe presentarti ai miei amici e ai miei fratelli e sorelle, sono così curiosi su di te. Ma Libuše ha detto che dovevi decidere tu, non eravamo autorizzati a fissarti come se fossi un animale in uno zoo."

"Non c'è niente di speciale in me." Lei scrollò le spalle.

"Stai scherzando? Vieni dall'esterno, sei sopravvissuta a un flash flood che avrebbe abbattuto un forte uomo adulto per salvare la vita di tua mamma."

Lei lo fermò di botto.

"Ho detto qualcosa di sbagliato?" Šebestián le lanciò un'occhiata interrogativa.

Markéta non rispose. Si limitò a voltare la testa, cogliendo l'odore di qualcosa che bruciava.

"C'è qualcuno nel campo fotovoltaico adesso?" chiese.

"No, non credo. Gli adulti sono nel villaggio a discutere il da farsi con Libuše."

Prima che potesse finire la frase, lei stava scavalcando la recinzione per arrivare ai pannelli.

"Markéta? Che succede?"

"A casa abbiamo lo stesso impianto. Se un pannello si sporca, inizia a produrre elettricità in maniera irregolare, può surriscaldarsi e anche iniziare a bruciare. Questi difetti sono chiamati punti caldi." Si stava guardando intorno, cercando di localizzare la fonte dell'odore, con la paura e la preoccupazione improvvise che smorzavano la sua spossatezza. "Non è facile da estinguere quando il pannello è in funzione anche se lo scolleghi. Continua a funzionare finché ci arriva luce."

"Li puliamo regolarmente," obiettò lui, ma scavalcò rapidamente dietro di lei.

"La pioggia che mi ha quasi trascinato via... e se avesse portato una quantità inaspettata di sporcizia?" Si guardò intorno, rimpiangendo di non avere occhiali a infrarossi. Stava cercando macchie marroni sui pannelli, che talvolta indicavano la presenza di un punto caldo visibile a occhio nudo.

"Lo controlliamo sempre dopo ogni flash flood. Ha causato solo alcuni problemi con il trasformatore e ne stiamo facendo funzionare uno vecchio di riserva."

"Il trasformatore!" Markéta capì che il ronzio che sentiva non suonava nella maniera giusta. Sollevò gli occhi e vide un trasformatore a olio connesso a un palo; lo stesso tipo che conosceva a casa. Accanto, sotto un albero, c'era un moderno trasformatore in resina, ovviamente scollegato.

"Chiama i tuoi genitori, chiama Libuše o chiunque altro! Sta bruciando!" Markéta stava già correndo verso il quadro di controllo. "Poi portami un estintore! Veloce!"

Sapeva che qualsiasi ragazzo del suo villaggio le avrebbe riso in faccia. *Non avrebbe smesso di ridere finché non avesse visto le fiamme.*

Superò l'invertitore, scivolò e atterrò nel fango accanto al quadro di controllo. Era un dispositivo progettato e programmato per distribuire automaticamente l'energia in eccesso ai volani e la quantità necessaria al trasformatore e al villaggio. *Se c'è un malfunzionamento nei cavi dei volani forse invia in maniera errata tutta l'energia al trasformatore?*

Si alzò in piedi. Con la coda dell'occhio, vide il tremolio di un incendio.

"Merda!" Colpì l'interruttore di sicurezza. *Troppo tardi.*

Corse verso il palo, sperando che Šebestián fosse abbastanza veloce. In un momento, il trasformatore fu avviluppato dalle fiamme. Da esso sprizzava olio di combustione come sangue incandescente. L'erba era ricoperta di fango, ma il palo avrebbe potuto presto prendere fuoco. L'incendio ruggiva famelico.

Markéta balzò più in alto e lontano che poté. Raggiunse i rami più bassi dell'albero vicino e si tirò su facilmente.

"Qui!" Šebestián le passò l'estintore a CO_2 che aveva preso dal capanno di manutenzione.

Markéta lo afferrò. Si allungò e strisciò lungo un ramo robusto. Rimosse la spilla di sicurezza, ruppe il sigillo e mirò alla base dell'incendio che non riusciva a raggiungere bene dal terreno.

Riuscì a tenere l'estintore nel modo corretto per non avere ustioni da freddo per la CO_2.

Avanti e indietro... Dalla cima alla base per via del liquido... Strinse i denti. Le fiamme sibilarono un'altra volta, poi si spensero.

Markéta era seduta sotto l'albero e cercava di respirare lentamente, per smaltire la scarica di adrenalina. Lei, assieme a Šebestián, aveva tenuto d'occhio il posto, attenta a ogni segno di riaccensione del fuoco. Sentiva le voci degli abitanti del villaggio come se venissero da lontano.

"Le boccole del trasformatore devono essersi sciolte."

"La ragazza si è fatta male?"

"Controllate i volani e i cavi, coprite i pannelli se necessario."

L'agitazione si calmò lentamente.

"Grazie. Šebestián aveva ragione. Sei davvero coraggiosa e sveglia." Libuše le toccò la spalla con dolcezza. Markéta si limitò ad annuire. Non aveva parole.

Libuše si rivolse ai suoi vicini.

"Il ritmo di questi incidenti non farà altro che crescere dato che non abbiamo un modo semplice per sostituire le apparecchiature difettose. Sarebbe stato nell'interesse di Markéta che il nostro impianto venisse bruciato del tutto, oppure che solo il cuore del trasformatore bruciasse. Avremmo dovuto comunicare apertamente con il mondo esterno per avere i pezzi di ricambio, saremmo stati costretti a rivelare la nostra situazione in ogni modo."

Markéta batté le palpebre. Non le era mai venuto in mente. Era una decisione semplice: se sta bruciando, vuoi spegnerlo. Poi capì che anche Libuše lo sapeva. *Lo sta usando solo come argomento emotivo per ottenere il suo scopo.*

"Eppure ci ha aiutati, con coraggio e altruismo," continuò Libuše. "Non possiamo voltarle le spalle adesso, quando con tutta probabilità il veleno è arrivato al suo villaggio dalle falde acquifere. La sua gente sta morendo. Non possiamo limitarci a stare qui seduti a guardare."

Funzionò. Gli abitanti di Foreste Lontane si sentirono di colpo simili a Markéta, iniziarono a vedere la sua causa come la loro.

"Cosa faremo?" chiese Pavel. "Possiamo prendercela con una casa farmaceutica?" Era evidente che avrebbero fatto esattamente quello.

"Non possiamo smantellare l'intera azienda, non come primo passo. Ma possiamo assicurarci che non riescano a prendersela con noi," sorrise Libuše. "Siamo pronti per questo, muoviamoci! Troveremo vecchi nemici... e vecchi amici."

"Sono tornata!" Markéta corse nella casa di Starej Jirka. "Ce l'ho fatta, sono sopravvissuta a un flash flood e ritornata, te l'avevo detto! E ho portato qualcuno con me, non ci crederai, ti racconterò tutto."

Il vecchio la abbracciò. "Bambina mia, ero preoccupato da morire."

Poi, con un ronzio lieve, una carrozzina elettrica comparve sull'uscio ed entrò nella stanza. La donna anziana su di essa sorrise.

"Ciao, Jiří. È da tanto che non ci si vede," disse con dolcezza.

Lui la riconobbe immediatamente, anche dopo tutti quegli anni. La fissò, per un momento del tutto privo di parole.

"Libuše," annaspò, "pensavo... Mi dispiace, mi dispiace così tanto! Io... ti davo per morta." Cadde sulle ginocchia accanto alla sua carrozzina. "Non mi sono mai guardato indietro, non ho provato a cercarti, ero spaventato e ti credevo morta, mi dispiace. Potrai mai perdonarmi?"

Lei gli prese le mani tra le sue.

"Jiří, non ti ho mai biasimato. Speravo che fossi sopravvissuto, ma non avevo modo di cercarti. E rimproveravo me stessa per non essere in grado di aiutarti se l'azienda ti stava dando la caccia. Ho passato molte notti insonni a chiedermi se fossi ancora vivo, che ne fosse stato di te."

Jiří non disse niente. Prese solo Libuše tra le braccia e pianse.

Markéta sgattaiolò fuori e chiuse la porta, lasciando i due da soli. Non aveva mai visto Starej Jirka piangere. Sperava di non vederlo mai piangere di nuovo.

"Pronta a tornare a casa?" chiese Šebestián. La stava aspettando pazientemente accanto all'elettrojeep di Pavel.

Markéta annuì. "Non sarà facile persuadere mamma a trasferirsi alle Foreste Lontane, ma posso farcela." Sapeva che sarebbe stata in grado di studiare con Šebestián e gli altri. "Non dovrò mai più nascondermi nel giardino di Jirka. Voglio raccogliere le mele dorate del sole."

Epilogo

Manager di alto rango accusato di omicidio!
Il segreto della calamità di Foreste Lontane viene alla luce!
Omicidio e arsenico: chi si prenderà la responsabilità?
Titoli di notizie sul web

"Jiří? Questa è una... sorpresa." Tomáš Nevěděl fissava lo schermo. Non si aspettava davvero una videochiamata del genere.

"Ci scommetto," ghignò Starej Jirka. "Come sono stati gli ultimi trent'anni? Hai dormito bene?"

"Non ho idea di che cosa tu stia parlando!"

"Certo, non lo sai."

"Devi aiutarmi, Jiří," implorò Nevěděl. "Tutta la faccenda delle Foreste Lontane, i media ne sono invasi, non ne avevo idea, non sapevo... La mia azienda mi ha licenziato, sono accusato di omicidio, sono rovinato! Eravamo amici, ricordi?"

"Certo, lo eravamo. Prima che tu assassinassi i miei colleghi."

"È stato un incidente!"

"Vedremo quello che ne penseranno la polizia e il tribunale," disse Libuše, che con la carrozzina si spostò nel suo campo visivo. "Come ci si sente a essere buttati sotto un autobus dai tuoi superiori? La pagheranno cara per quello che hanno fatto a Foreste Lontane, ai loro dipendenti nella fabbrica piena di arsenico e a tutti i villaggi vicini nell'area. I media adorano già la storia di una cura miracolosa nascosta e non vedono l'ora di dare la caccia al colpevole della fuoriuscita di arsenico. Anche i tuoi cari datori di lavoro te la faranno pagare, non ho dubbi. Erano contenti di te quando l'eliminazione della Felce Dorata è sembrata funzionare, nessuna domanda. Non sono così contenti adesso, vero?"

Nevěděl la fissò con orrore.

"È stato furbo mettermi a capo dell'impianto." Pavel Svoboda si avvicinò alla videocamera, in modo che anche lui potesse essere visto. "Ero giovane e inesperto, ma così desideroso di mettermi alla prova. Ho trovato un po' strano che mi dessi il lavoro, anche se non sapevo niente del prodotto e del processo. Nel momento in cui ho scoperto cosa non andava, hai ignorato tutte le mie segnalazioni sull'arsenico, perché dovevo essere sacrificato comunque, così gli abitanti del villaggio avrebbero avuto qualcuno su cui scaricare la loro rabbia."

"Com'è possibile?" ululò Nevěděl. "Come potete essere tutti ancora vivi?"

"Non dicono," sorrise Libuše con dolcezza, "che la Felce Dorata fa miracoli? Era ora che lo facesse."

Dedicato a Dagmar Mudrová, autore di "Cambiamenti nella produzione di metaboliti secondari nelle piante medicinali in risposta a determinati contaminanti ambientali."

Spaghetti dell'anima

di Ana Sun

traduzione di Francesca Secci

Ana Sun (pronunciato "Soon") scrive dai margini di un'antica città lungo il fiume Ouse nel sudest dell'Inghilterra. Ha passato l'infanzia nel Borneo Malese, e ha vissuto su altre due isole prima di trasferirsi nel Regno Unito. In un'altra vita, avrebbe potuto essere una musicista, un'antropologa o una botanica ossessionata dai fiori eduli.

Le ombre sul muro scolorito danzavano silenziosamente a un ritmo che non riuscivo mai a identificare. Ogni volta che rimanevo sino a tardi per finire le incombenze della giornata, quelle sagome mi ipnotizzavano con il loro scivolare, calmandomi nel tranquillo sonno magico di un sogno a occhi aperti.

Mi pizzicai per svegliarmi.

Sì, erano solo i pesci nelle loro vasche di vetro, assemblate fianco a fianco attraverso questo open space, all'ottavo piano di un edificio di ventidue appartenente alla cooperativa di produttori di cibo: uno dei molti grandi magazzini abbandonati che avevamo recuperato.

La luce del tardo pomeriggio si rifrangeva attraverso le finestre e l'acqua, colorando il pavimento di piastrelle bianche di una sfumatura di verde. Le macchine ronzavano con una nota bassa e continua. I pesci nativi delle nostre acque – cobiti barbatelli, gamberi, tilapie, carpe koi – non sembravano preoccuparsene. In cima agli acquari, diecimila minuscoli germogli di piantine di riso stavano solenni nella loro sobrietà, un campo di verde incontrollato.

Alla fine del ciclo, avevo la mia quota di riso. Una parte la potevo macinare in farina, altra la scambiavo con grano extra per fare gli spaghetti a mano: per riprodurre l'umile piatto di spaghetti di cui Ah Gung, mio nonno, aveva parlato così tanto. Un compito quasi impossibile adesso.

"Non si può più fare un *kolo mee* come si deve senza maiale," diceva qualche volta nonno, di solito dal nulla, spesso dopo un piatto di qualcosa del tutto diverso. Non avevo mai assaggiato il vero *kolo mee*; la mia generazione non aveva mai avuto l'opportunità di provare questi piatti tradizionali. Quando molti ingredienti principali avevano smesso di essere facilmente disponibili per il caos climatico, il crollo del commercio, le malattie e quant'altro, il nostro cibo aveva dovuto adattarsi. Poco a poco, alcuni di noi avevano iniziato il lavoro di ricreare la cucina perduta. Fare quegli spaghetti proprio come li ricordava nonno ormai era tanto una missione quanto un'ossessione: per amor suo, ma anche mio.

Sul mio display scorrevano i grafici, lenti, languidi, che mappavano l'umidità, il raccolto e i livelli dei vari nutrienti. Bisognava avere la testardaggine di un mulo per assicurarsi che le cose andassero bene, o diligenza disciplinata, o entrambe le cose.

Un suono lieve mi fece alzare gli occhi verso l'angolo in alto a destra dello schermo. Una notifica dalla serra sul tetto: una tempesta in arrivo.

Be', quello spiegava il calore della giornata. Quando ero arrivato di mattina l'aria si era fatta opprimente sulla mia pelle; intorno a mezzogiorno era diventato sgradevole respirare. Ma il disagio fisico era sopportabile. Non dovevo sgobbare nei campi sotto il sole come avevano fatto i miei avi.

Sarei dovuto andare a casa a preparare la cena, ma un avviso di tempesta in arrivo significava avere una rara occasione per valutare la calibrazione della serra. Molto tempo prima, sarei uscito con gli amici dopo le incombenze della giornata. Ma Ah Gung non poteva più cucinare; le sue papille gustative si stavano già indebolendo. Essendo il suo nipote incaricato, era la sola famiglia che avessi mai conosciuto, e ora lui aveva solo me.

Sospirai, anche se non c'era nessun altro intorno a testimoniare il mio dispiacere.

Controlla la serra, vai a casa, prepara la cena: in quest'ordine. Muoviti.

Afferrai la tazza solitaria che giaceva accanto alla mia console, da tempo vuota della liberica locale che veniva coltivata e tostata per strada, e la abbandonai nel cucinino lungo la strada verso l'ascensore.

C'era una sorta di superstizione: mangiare certi piatti di spaghetti avrebbe garantito una lunga vita. Ora che il grano era difficile da trovare, mangiare qualsiasi tipo di spaghetti aveva assunto questo simbolismo.

Secondo nonno, una volta c'era un negozio in questo edificio che vendeva *tie ban mian:* spaghetti su piatti roventi. Pollo a fettine fumava sopra spaghetti croccanti, intrisi di una salsa densa e saporita che sfrigolava mentre veniva servita, solo perché ti si dicesse *Non toccare il piatto, è bollente* mentre sbavavi. Se nonno riusciva ancora a ricordarne il sapore ora che aveva compiuto centottantotto anni, dovevano essere eccezionalmente buoni.

Eppure, bramava il *kolo mee* anche di più. Sembra che abbia avuto origine in questa città, un comune cibo da colazione. Tutti lo mangiavano, alcuni diverse volte alla settimana. La sua fissazione divenne la mia: come se un singolo spaghetto potesse attraversare il corso della storia, connettendo le nostre anime attraverso i bordi frastagliati del tempo. Forse era questo che voleva dire davvero "una benedizione di longevità"?

Poche persone ricordavano quel vecchio negozio di spaghetti al piano di sotto, probabilmente perché un posto come quello adesso sarebbe stato un lusso. I sette piani inferiori di questo edificio si allagavano ogni volta che la pioggia diventava intensa. Ci eravamo dimenticati di un passato che non eravamo più in grado di immaginare.

In certi giorni, il nostro lavoro assomigliava al compito infinito di rammendare buchi nella biancheria lavata troppo spesso: un tentativo futile di ricucire il passato nel presente in una linea continua.

Le porte dell'ascensore si aprirono sul tetto con un leggero fruscio. Il calore mi esplose sulla faccia, ma l'odore dolce e metallico della pioggia in arrivo mi colpì più forte. Guardai con gli occhi socchiusi nella luce fioca, resa nebbiosa dall'umidità. Qui il futuro poteva essere previsto dalle nuvole quasi nere all'orizzonte. Meglio non farsi cogliere qui quando fosse caduta la pioggia.

Mi fermai alla balaustra di sicurezza sul bordo del tetto. Il sole aveva appena cominciato a tuffarsi sotto l'orizzonte. La chiamata della preghiera della sera risuonò attraverso la città, cavalcando sulla brezza rinfrescante. Frammenti di conversazioni e ronzii di biciclette si diffondevano verso l'alto. Sampan, veicoli anfibi e una rete di strade sopraelevate avevano in gran parte rimpiazzato le distrutte strade autocentriche che erano state rovinate dalla pioggia. La fine della scuola: bambini di tutte le età tornavano a casa. Alcuni trotterellavano coi loro tutori assegnati, i più grandi passeggiavano per conto loro, o zigzagavano sulle biciclette tra i chioschi del mercato su entrambi i lati della strada diversi piani sopra il terreno.

L'aria dentro la serra mi soffiò fresca sulla pelle; il controllo dell'umidità stava funzionando bene. Un anno dopo essere stato assegnato all'edificio come custode, avevo costruito questo: una serra a regolazione automatica che occupava metà tetto. Essendo a una tale altezza, doveva essere a prova di tempesta senza alcun intervento.

Il vento fischiava attraverso i pannelli fotovoltaici orizzontali, sul modello delle nostre tradizionali finestre a lamelle. Normalmente dondolavano a causa del flusso dell'aria, ma ora avevano cominciato ad abbassarsi: la risposta corretta ai valori ambientali. Esaminai la velocità del loro movimento: si sarebbero dovuti muovere più rapidamente data la rapidità della tempesta in arrivo. Abbastanza facile da sistemare.

Un singolo computer accucciato in cima a una cesta oltre l'appezzamento di grano giovane e un lotto più piccolo per varietà sperimentali di crocifere. Amavo questa serra; sembrava un essere vivente. Una parte di me voleva credere che le piante fossero più felici in simbiosi con...

Qualcosa fruscò all'estremità. Mi paralizzai.

"Ciao?"

Lily, la nuova bioingegnera, emerse da dietro gli steli del grano, con strisce colorate tra i capelli che brillavano di viola nel crepuscolo calante.

"Ehi, sei Jin, giusto? Già mangiato?" La sua voce suonava profonda, cosa che mi sorprese, dato che era alta appena un metro e mezzo. Una borsa portadocumenti gialla le dondolava da una spalla, i suoi movimenti erano efficienti, persino graziosi. "Pensavo che te ne fossi già andato."

Continuavo a dimenticarmi che la cooperativa l'aveva trasferita a questo edificio dopo la mia comunicazione sullo spazio disponibile per un altro membro. Quanto poteva essere passato, due settimane? Quattro? Una volta mi aveva chiesto campioni del mio riso, ma altrimenti ci incrociavamo di rado.

Sorrisi e scrollai le spalle. "Prima controllo la serra."

Dirlo a voce alta mi fece sentire in qualche modo più responsabile. Non che ci fosse molto da fare: il motivo di aver reso tutto automatico.

"Che ci fai qui?" Una domanda diretta, ma la curiosità ebbe la meglio su di me. Anche se, tecnicamente, l'edificio apparteneva alla cooperativa, quindi lei aveva tutto il diritto di esserci.

"Raccolgo campioni, sviluppo piante aromatiche." Sorrise. "Devi venire al mio laboratorio al diciottesimo piano a vedere. Ti piace cucinare, giusto? Penso che saresti..."

Un forte bum esplose sopra di noi. Si protrasse, risuonando profondo nelle fondamenta dell'edificio in un lento brontolio. Lily tirò sul naso i suoi occhiali dalla montatura nera, con le sopracciglia che si contraevano di un'improvvisa preoccupazione. "Dovrei tornare a casa."

I lampi si riflettevano sui vetri tutt'intorno a noi, accendendosi di un bianco brillante prima di svanire. Tutti i pannelli delle finestre della serra si girarono immediatamente per chiudersi.

"Andiamo," dissi.

Ci affrettammo verso l'ascensore, ma non prima che i cieli si aprissero. Scrosci di pioggia vennero giù. Le piante rimasero asciutte; noi non fummo così fortunati.

Fianco a fianco, prememmo le facce contro le finestre, cercando di avere una visuale più chiara del mondo esterno. Il rombo della tempesta copriva il ronzio delle macchine. Strano come i pesci sembrassero imperturbabili. Le strade distrutte a livello del terreno erano scomparse sotto l'acqua. Le stagioni dei monsoni propriamente dette erano sparite nella storia, ma le maree reali operavano ancora senza intoppi.

Le luci tremolarono. Un basso ronzio giunse dal soffitto: il generatore di energia elettrica a pioggia si era attivato.

"Ho detto a mia zia che sarei stata a casa per cena," disse Lily, sospirando. "Mi aveva promesso *midin* con *belachan*."

Aveva preso la sedia che le avevo offerto. Troppo alta per la sua piccola corporatura, le lasciava dondolare i piedi. Non importava che l'acqua le gocciolasse dai capelli e dai vestiti; nessuno di noi due era asciutto, ma almeno non avevamo freddo. Avevo pensato che fosse più grande, ma ora vedevo che probabilmente eravamo quasi coetanei. Abbastanza giovane da sperare, abbastanza vecchia da sapere che le cose non durano per sempre.

Distolsi gli occhi dalle sue scarpe morbide. "Anch'io devo andare a casa. Però cucino io."

In modo da non guardarla come uno scemo, finsi di riordinare la mia postazione, e sperai non notasse che stavo solo sistemando un paio di cavi isolati non collegati a nulla.

"Vivi con...?" Una macchia di malva le scintillò sulle palpebre, messa in risalto dalla sua perfetta pelle bronzea.

Non ero per niente bravo in questo, a fare conversazione.

"Un nonno," dissi, la mia voce un sospiro gracchiante. Mi allungai dietro la postazione, afferrai il mio impermeabile e lo indossai. "Prenderò il sampan per andare a casa. Ne abbiamo uno nell'edificio. Vieni anche tu?"

Mi scrutò il volto, ma non si mosse, e mi chiesi se fossi stato in qualche modo duro.

"Non l'ho mai usato prima," ammise.

"È sicuro. Ti posso mostrare come funziona, in caso io non sia qui la prossima volta che ne hai bisogno."

Lily raccolse la sua borsa e saltò giù dalla sedia. "Sì, va bene."

Non aveva un impermeabile, quindi recuperai quello di riserva dal mio armadietto vicino all'ascensore. L'incertezza mi invase. Dovevo aiutarla a indossarlo? Sarebbe stato strano?

Alla fine, mi risparmiò il dilemma prendendomi l'oggetto di mano. Lo tenne su, rise. Fatto per accogliere un fisico maschile, risultava di diverse taglie troppo grande.

"Meglio di niente," disse, mettendoselo sulle spalle e allacciandone le maniche troppo lunghe in un nodo morbido alla base del collo. Il colore faceva a pugni con quello della borsa e dei capelli, ma non sembrava preoccupata.

Mi si formò un groppo in gola, un'ondata in parte di imbarazzo, in parte di timidezza, in parte di qualcosa che non capivo molto bene, quindi indicai senza parole con uno strano cenno che doveva seguirmi.

Quando vi arrivammo, il pontile galleggiante era entrato dal condotto verticale e si era attaccato alla banchina. Vederlo invocò un sentimento prezioso, un calore nel petto; l'algoritmo di previsione non era banale e avevo dovuto installare tutta una serie di sensori nell'edificio perché funzionasse.

"Questo era il parcheggio, vero?" chiese Lily.

"Ci doveva essere anche una stazione degli autobus al piano di sotto."

Il nostro sampan ballonzolava nell'acqua come se fosse felice di vederci. Mi sporsi per aiutare Lily a salire a bordo, ma lei afferrò il corrimano e si issò da sola sull'imbarcazione. Il sampan oscillò un po'. Aspettai che si stabilizzasse e mi abbassai lentamente nel mezzo.

"Da che parte?" chiesi, chinandomi sulla console della barca.

Me lo disse; dalla parte opposta rispetto a dove dovevo andare io, ma non sarebbe stato più di venti minuti di tragitto.

"Quella zona è sulla collina, posso camminare per il resto del percorso," aggiunse.

"Sicura? La pioggia è forte, probabilmente ti posso portare più vicino." Il pensiero della sua figura minuscola sotto questa pioggia gigante mi sembrava così sbagliata.

"Starò bene," disse, sorridendo. "Ho il tuo impermeabile, raggiungeremo il limitare dell'acqua prima di arrivarci, in ogni caso."

Uno scudo trasparente si sollevò dal portascalmo prima che uscissimo dall'edificio, proteggendoci dall'acquazzone. Tempo prima mi sarei preoccupato anche dei coccodrilli, ma le autorità della città avevano installato delle recinzioni deterrenti negli ultimi anni.

Acqua scura si stendeva in ogni direzione. La pioggia risuonava, rendendo impossibile fare conversazione. Avrei dovuto fare qualcosa in proposito, forse installare una sorta di cancellazione del rumore.

Navigammo oltre la cima di un vecchio semaforo. Un cartello di lavori in corso galleggiò via. Rami rotti graffiavano i fianchi della barca. Presi l'appunto mentale di aggiornare il sistema di localizzazione del sampan per riconoscere meglio forme non convenzionali nell'acqua.

"Oh, mi sono dimenticata!" urlò improvvisamente Lily sopra il baccano.

"C-cosa?" non contavo di tornare indietro.

"Per te." Dalla borsa, estrasse un contenitore di vetro trasparente. Potei vedere uno strato di ravioli bianchi come il latte ben avvolti all'interno. Wonton? Avevo l'acquolina in bocca. Non li vedevo da un pezzo.

"Mia zia ha provato con la cucina cinese, e ne ha fatto troppi," continuò Lily. "Comunque, forse ti eviterà di dover cucinare stasera."

Aprii e poi chiusi la bocca, come un tilapia.

"G-Grazie a te e a tua zia," dissi, appena capace di sentirmi. "È davvero brava."

Un'espressione vacua attraversò il volto di Lily. Si chinò più vicino. Un debole profumo terroso di orchidea e patchouli mi intrappolò come un animale selvatico. La mia mano annaspò e trovò una maniglia. Forse non mi aveva sentito? Ripetei le mie parole.

"Prego!" disse Lily con un gran sorriso. "Zia ha novantotto anni. Ha avuto tempo per fare pratica, credo."

Novantotto? Non una zia biologica, con tutta probabilità. "Sei stata assegnata?"

"Sì, mi ha tirato su fin da piccola, dentro la nostra comunità di longhouse." Lily distolse lo sguardo, oltre l'acqua torbida, verso qualcosa che io non potevo vedere. "Immagino che presto sarà il mio turno di prendermi cura di lei."

Quindi neanche Lily aveva mai conosciuto i suoi genitori. Mio nonno aveva già un'età avanzata quando gli ero stato assegnato. Quando avevamo subito le prime perdite di popolazione per le malattie e l'innalzamento del livello dei mari, venne programmato un algoritmo per assegnare automaticamente le famiglie, ma i computer faticavano con i bisogni olistici umani. Le persone si erano ribellate; i cittadini avevano votato all'unanimità per avere al loro posto un comitato a rotazione selezionato per estrazione.

Io ho avuto una bella infanzia, ma aleggiava sempre un'ombra su di noi, quel vuoto profondo senza forma né nome, il senso di qualcosa che mancava. Le sistemazioni non erano in alcun modo perfette, ma ora, almeno, facevamo attenzione al benessere reciproco, invece che trattarlo solo come un altro problema.

Raggiungemmo il punto dell'acqua dove il sampan non poteva andare oltre. Stabilizzai il sampan per Lily. Lo scavalcò e guadagnò la terra asciutta.

"Ci vediamo domani?"

Il suo saluto fu allegro. Assicurandomi di sorridere, salutai a mia volta.

Avvolto nel mio impermeabile blu, il suo corpo agile guizzò sotto il torrente implacabile, un puntino indefinito sotto la pioggia grigia. Finché, infine, svoltò l'angolo e sparì.

La carrozzina di nonno si bloccò contro il tavolo da pranzo, i braccioli imbottiti incastrati sotto di esso. Le bacchette nella sua mano tremarono, ma riuscì a pescare un wonton da una ciotola di brodo fumante davanti a lui. Il ripieno bollente minacciò di fuoriuscire dalla pasta semitrasparente.

La pioggia si abbatteva con forza sul nostro tetto e nella grondaia lungo un muro. L'aria fresca scivolava tra i pannelli solari delle finestre, senza preoccuparsi di chiedere il permesso di entrare. Come tutte le altre case, la nostra era edificata su palafitte con un posto per un sampan sotto il livello dell'acqua. L'anzianità di nonno e gli anni di servizio civile ci garantivano alloggi comodi con un balcone e un giardino sopraelevato. Il banano all'esterno ondeggiava violentemente al vento, con le grandi foglie che catturavano la pioggia battente.

Nonno tagliò una tremolante boccata di wonton. Aspettai. Ultimamente si era lamentato che il cibo sapeva di cartone, ma quel giorno canticchiava un po' mentre mangiava.

Ci vollero un po' di tentativi prima che riuscissi a stringere le mie bacchette intorno a un raviolo scivoloso dalla mia ciotola. Funghi affogati nella soia, erba cipollina mescolata con tracce salate di gamberetti essiccati; una giusta ricompensa che mi inondava la lingua. Un inspiegato ripieno sbriciolato fece esplodere un inaspettato agrodolce nella bocca. Non castagne d'acqua, sicuramente non tofu: nessuno dei soliti ingredienti.

"Maiale?" ipotizzò nonno.

Rigirai il boccone intrappolato tra le bacchette, meravigliandomi di come il ripieno scintillasse di un sottile strato di qualcosa simile a una ragnatela. No, troppo fragrante per essere un semplice olio vegetale, ogni morso provocava un'esplosione di sapore come... come cosa? Mi sforzai di pensare a un equivalente, non avevo mai assaggiato niente del genere prima.

Le probabilità che fosse maiale erano vicine a zero; non c'erano maiali da decenni.

Carne artificiale, realizzata dai funghi? Avrebbe spiegato la consistenza, non il sapore.

"Potrebbe essere... lardo, Ah Gung?"

Nonno masticò, rimuginando su ogni boccone. "*Sa* di lardo..."

Strano come un ingrediente potesse far cantare tutti gli altri.

Assaporai un altro boccone. Come avevano potuto ottenere il lardo senza il maiale?

Quando non gli rimase niente nel piatto, nonno posò le sue bacchette, allineandole in maniera ordinata una a fianco all'altra. Si poggiò allo schienale, la carrozzina scricchiolò.

"Vedi, il lardo è sempre stato più importante del maiale." Spinse la tazza di tè vuota verso di me perché la riempissi. "Puoi metterci dentro qualsiasi cosa per la consistenza, ma non avrai l'aroma senza il lardo."

La stessa ragione per cui era stato impossibile fare un autentico *kolo mee*. Feci rotolare il retrogusto dolce e terroso attorno alla lingua. Dove si era procurata la zia di Lily questa magica sostanza?

Riempii la tazza di nonno e mi alzai per sparecchiare. Il vento aveva cambiato direzione; la pioggia tamburellava con ritmo irregolare contro le finestre come un metronomo rotto.

Un russare venne da dietro la mia spalla. Nonno si era addormentato sulla carrozzina, le mani attorno alla tazza fumante di tè.

"Non è maiale, sciocchino," disse Lily, mezzo ridendo, quando glielo chiesi la mattina seguente. Da qualche parte nel profondo delle mie viscere qualcosa avvizzì e sarei voluto scomparire.

"Fammi finire questa cosa e ti faccio vedere."

Aveva trasformato la stanza lunga e stretta del diciottesimo piano, probabilmente in passato uno sgabuzzino per le scope, in una sorta di laboratorio. Sapeva di fresco e pulito, anche se non appariva come avrebbe dovuto. Stretti tini di acciaio erano schierati lungo un muro, piccoli rubinetti sporgevano in una fila ordinata, con le etichette precisamente allineate, i nomi scritti in nero nell'antico corsivo di Lily. Il piano di lavoro all'altezza della vita lungo l'altro muro sembrava soffocare sotto un computer obsoleto, un sistema CRISPR, e così tanta confusione che i miei occhi si annebbiavano quando cercavo di mettere a fuoco qualcosa. Il corpo minuto di Lily si mimetizzava nel caos mentre le sue dita esitavano sulla tastiera del computer: continuavo a perderla di vista.

Dalla parte opposta, una finestra rettangolare incorniciava la tempesta continua all'esterno, simile a un antiquato screensaver, con la pioggia pesante che affogava ogni cosa in un umido rumore bianco.

Sarebbe stato troppo sconveniente entrare nel suo ufficio? Laboratorio? Qualunque cosa fosse. Le stavo bloccando l'uscita; non volevo essere irrispettoso.

Pile di libri incombevano su uno scaffale sopra il ripiano, fiancheggiando un salvadanaio viola a forma di maialino nel mezzo. Portava un finto fiore arancione su un'orecchia, con il suo sguardo che indagava: *Che cosa stai davvero facendo qui?*

Indugiavo sulla porta, soffocando il mio imbarazzo, ricacciandolo in fondo. Quando Lily finalmente guardò in alto e mi sorrise, ci volle tutta la mia forza di volontà per non sparire subito.

I neri occhi porcini del salvadanaio mi trapassavano da parte a parte. *Sei ridicolo.*

Lo so, telegrafai in risposta.

"Quindi volevi sapere che sostanza fosse?" Lily afferrò un tino e versò una piccola quantità di un liquido viscoso in una padellina. Poi, lo spostò su una piastra riscaldante. "Guarda qui."

Sopra il calore, la sostanza passò da un bianco latteo a trasparente, rilasciando simultaneamente in profumo affumicato, agrodolce, quasi animale. Le mie narici si dilatarono. Questo! *Questo!* Poteva essere questo l'ingrediente mancante? Come aveva...?

Fissai i tini. La consapevolezza mi colpì come un sacco di riso. "F-fermentazione?"

Il sorriso di Lily invocò la luce del sole dal nulla. Mi sciolsi un po' per il calore sulle mie guance, sentendomi un po' meno solido, un po' più liquido. "Eh, sì, proprio come fare il vino o la birra."

Gli archivi meticolosamente conservati di nonno contenevano un patrimonio di ricette che erano state irriproducibili; il lardo era una parte così importante della nostra cucina tradizionale. Quando i maiali erano diventati più rari, il lardo era diventato caro, inaccessibile. Molti tra la nostra gente non avevano mai fatto esperienza del sapore che questi cibi avrebbero dovuto avere. E ora? Potevamo cambiare tutto questo.

Volevo avvolgerle le braccia attorno, gridare di gioia, fare uno stupido balletto di trionfo: non feci nessuna di queste cose. Ma devo aver ghignato, perché il salvadanaio viola mi lanciò uno sguardo di disapprovazione, e Lily mi fissò come se fossi appena atterrato da Marte.

"Posso averne un po'?" La mia voce gracchiò leggermente.

Sollevò le sopracciglia. "Per che cosa lo vuoi?"

Le spiegai, esitante, con le parole costantemente bloccate da qualche parte tra la gola e i denti.

"Solo se me lo lasci assaggiare." Aveva appena ridacchiato?

I nostri sguardi si incrociarono. Feci un respiro profondo. I miei palmi si fecero improvvisamente umidi. Voleva dire qualcosa con quelle parole? Indagai quegli occhi marrone scuro dietro gli occhiali con la montatura nera, il sorriso che le tirava i bordi delle labbra.

Ma era come se Lily mi vedesse attraverso. Con voce tranquilla, disse: "Prima che ti faccia qualche idea, preferisco le donne, okay?"

Il mio respiro si arrestò, i miei piedi divennero di piombo.

La pioggia schizzò contro la finestra. Sullo scaffale, il salvadanaio sogghignò.

Forzando un sorriso come se mi strappassero i denti. "N-non credevo nulla. Torno dopo quando sei meno occupata?"

Senza aspettare una risposta mi ritirai, fermandomi solo per recuperare le schegge frantumate del mio cuore dal pavimento.

Gli spaghetti di frumento schizzarono mentre li raccoglievo con un colino d'acciaio dalla pentola bollente in una ciotola di acqua fredda, tutto con movimento fluido. Fuori dalla finestra della cucina, l'acqua piovana scrosciava con soddisfazione. Il tramonto doveva essere passato, ma il cielo cambiava solo di tono di grigio; era impossibile dire il momento della giornata. La maggior parte della città era rimasta sott'acqua dal giorno prima, ma da quello che potevo dire io, non c'erano stati incidenti. Le rotte di sampan rimanevano in servizio; le recinzioni contro i coccodrilli tenevano.

Scolando gli spaghetti, reimmersi il colino nel liquido bollente per mezzo minuto. Le ricette erano state registrate, ma le interpretazioni delle tecniche erano così: supposizioni. Questo era il metodo che nonno ricordava per preparare questi spaghetti: caldo, freddo, caldo. Bollire l'acqua per la cottura, acqua fredda per risciacquare l'amido in eccesso, poi una lieve inzuppata di nuovo nel liquido fumante perché gli spaghetti fossero caldi abbastanza per sciogliere il grasso.

Avevo fatto quest'infornata a mano, e sembravano buoni; uno spaghetto di prova spezzato con una pressione di bacchette: avevo perfettamente calibrato il tempo. Il condimento era pronto in un'ampia ciotola: salsa di pesce, salsa di soia, olio di arachidi che avevo aromatizzato con aglio e scalogno. La salsa di pesce l'avevo fatta con i miei pesci, l'aglio e lo scalogno venivano da colture dell'edificio, la salsa di soia e l'olio di arachidi li avevo barattati. Una spolverata di pepe bianco, un tocco di aceto di riso. Poi, infine, presi la piccola fialetta di vetro che Lily mi aveva dato.

"Usala con moderazione, è più potente di quello che pensi," mi aveva avvisato, quando finalmente avevo raccolto abbastanza coraggio da tornare al suo laboratorio nel tardo pomeriggio.

La pappetta bianco latte sembrava completamente solida.

"Quanto è 'con moderazione'?" avevo chiesto.

"Così, non più di un terzo di cucchiaino." Aveva unito insieme pollice e indice, lasciando un minuscolo spazio attraverso il quale potevo vederla dritta negli occhi. Il cuore mi batteva forte, minacciando di fuggire dalla mia gabbia toracica, quindi mi ero costretto a rivolgermi invece al salvadanaio quando avevo salutato.

La sostanza non aveva nessun odore mentre ne facevo gocciolare una minuscola quantità nella ciotola in attesa.

Ma tutto cambiò quando vi mescolai gli spaghetti bollenti: si levò un aroma terroso, ricco, salato e intenso, tutto nello stesso momento.

Poche foglie di coriandolo e fettine di cipollotto completarono la guarnizione. Una volta, servivamo il piatto con carne macinata fritta o pezzetti di maiale arrosto, marinato in una salsa che lo faceva diventare rosso. Ma be', sarebbe stata ancora un'altra cosa da cercare di ricreare un giorno.

Caricai la ciotola su un vassoio assieme a un po' di tè, e mi diressi verso la stanza di nonno. La ciotola era più pesante della teiera e della tazza messe insieme; avrei potuto essere un clown che cercava di mantenere l'equilibrio, a parte il fatto che non era divertente. Le bacchette rotolarono da una parte, finendo per assestarsi contro la teiera. In qualche modo, riuscii a non perdere né gli spaghetti né il tè.

Nonno era seduto sul letto, con la schiena sostenuta da una nuvola di cuscini, che guardava qualcosa sullo streaming locale.

"Ci provi ancora, eh?" Sorrise quando entrai, gli anni sul suo volto che si corrugavano come tempo rubato.

Poggiai il vassoio sul tavolino servipranzo, ricambiando il sorriso. "Cerco solo di fargli avere il sapore di quello vero."

"O stai cercando di farmi vivere più a lungo," scherzò nonno, con gli occhi che ammiccavano. Afferrò le bacchette e picchiettò insieme le estremità. Io mi sistemai nella sedia accanto al letto.

Diressi lo sguardo sulle immagini che si muovevano sullo schermo, fingendo di essere interessato, cercando di non fissare nonno mentre mangiava un lento boccone, seguito da un altro.

Si asciugò la bocca col dorso della mano. "Non male."

Non male? Mi accigliai. Che cosa voleva dire?

"L'aroma è vicino, ma..."

Ma? Avevo saltato un passaggio fondamentale? Avevo tenuto un diario accurato di tutti i miei esperimenti, avevo segnato meticolosamente tutte le misurazioni, fino a verificare se la variazione della temperatura ambiente avesse qualche influenza sul sapore o sulla consistenza.

Forse nonno aveva uno di quei giorni in cui non sentiva bene i sapori.

"Cosa c'è che non va?" mi lasciai sfuggire.

"Non c'è niente che non va," disse nonno, ridacchiando. "Solo che la consistenza di questi spaghetti non è esattamente come mi ricordavo."

Avevo macinato il grano dell'ultimo raccolto per farlo diventare farina. Ore innumerevoli a cercare di capire la giusta quantità di acqua e uova. Mi ero screpolato le nocche a furia di impastare. Se le mie capacità non erano sufficienti, allora non era mai stata colpa del lardo.

Nonno mi diede una pacca sulla spalla. "Non preoccuparti, hai solo bisogno di pratica."

Mi mancarono le parole. Fissai la finestra chiusa sul muro dall'altra parte del letto. All'esterno, il vento ululava, gli alberi dibattevano i loro rami con sfida, le foglie frusciavano in protesta. Non avevo bisogno di vedere per sapere.

"Quand'ero ragazzo," disse nonno, tra un boccone e l'altro, "una volta ho visto come facevano gli spaghetti per la produzione di massa, senza usare le macchine."

Aveva continuato a mangiare; sembrava che avrebbe comunque finito la ciotola. Forse andava bene dopotutto?

"Avevano un grande tavolo dove mischiavano la farina, le uova, e l'acqua. Poi avevano un tizio che girava un bastone per battere l'impasto."

Facevo fatica a immaginarlo. "Come?"

Nonno si poggiò ai cuscini e tracciò una figura nell'aria

con le bacchette in mano. "Appendevano il bastone al soffitto usando un pezzo di corda. Uno dei pastai si metteva a cavalcioni, come su una bicicletta. Saltava su e giù..."

"Come un'altalena?"

"Esattamente!" disse nonno, ridacchiando. "Divertente. Il poveraccio sudava così tanto, doveva portare un asciugamano sul collo tutto il tempo."

Mi studiai i piedi. Se il poveraccio tanto tempo fa doveva battere l'impasto fino a sudare sette camicie, allora forse anima e corpo non erano sufficienti. Sospirai. Avevo esaurito la farina. Ci sarebbero volute alcune settimane prima che potessi cercare di preparare di nuovo il *kolo mee*.

La pioggia aveva iniziato a intraprendere una guerra contro i muri della casa, martellando sul tetto come se avesse piedi giganti. Automaticamente, scrutai gli angoli della stanza, alla ricerca di crepe.

"Non dovresti preoccuparti di riprodurlo, sai." La voce di nonno si fece strada tra i miei pensieri.

Lo guardai, sorpreso, la consapevolezza sospesa da qualche parte tra il tuono e la pioggia.

"So che ci stai provando. Ma quelli sono ricordi della mia infanzia, ed era tanto tempo fa." Indicò qualcosa con le bacchette, da qualche parte. "I miei spaghetti preferiti venivano serviti in ciotole di porcellana bianca, con le carpe koi dipinte a mano da una parte, mangiati con bacchette nere e direttamente al chiosco. Rumoroso, pieno di vapore, probabilmente non il massimo dell'igiene."

Nonno rise, ma io non riuscivo a convincermi a unirmi a lui. Lui continuò: "Il cibo è stratificato di significati: dipende da quando mangi, cosa mangi, cosa sta succedendo intorno a te. Capisci cosa voglio dire?"

Mi sfregai gli occhi, non sarei mai stato capace di riprodurre quello, *quel* ricordo, non importava quanto ci provassi.

Quei giorni erano andati. Quel genere di chioschi in mucchi di negozi al piano terra lungo la strada, la relazione intima che avevamo con il cibo era perlopiù portata all'estinzione da parte di proprietari terrieri più interessati a fare affari. Era follia allora, ricreare qualcosa che era stato perso nel tempo, qualcosa che forse era meglio dimenticare?

Oltre la finestra, un lampo cadde e un tuono brontolò, separando il cielo.

Le bacchette schioccarono insieme come nonno le poggiò. "Le cose cambiano, la vita cambia. I ricordi sono solo invenzioni del passato."

Studiai la sua espressione, cercando di connettere il mio mondo al suo, sforzandomi di ricucire il suo passato al mio presente in una linea continua. Doveva aver colto la mia confusione.

Si schiarì la gola. "Quello che cerco di dire è che non dovremmo venerare un passato che non c'è mai stato."

Un passato che non c'è mai stato? Repressi un singhiozzo. Mi stavo prendendo in giro? Tutto questo sforzo di ricreare il ricordo di questi spaghetti: più per il mio egoistico senso di identità, che per lui, per la sua nostalgia?

Guardò in basso verso il tavolino servipranzo. Seguii il suo sguardo.

La sua ciotola era vuota.

La piccola sagoma di Lily stava rannicchiata sopra un microscopio quando la trovai al primo piano. Mi ero fermato al laboratorio al diciottesimo, ma la sua sedia vuota era stata spinta a metà fuori da sotto il banco, girata in un'angolazione come se fosse evaporata e avesse lasciato tutto dietro di sé. Interrogai in silenzio il salvadanaio viola sullo scaffale, ma non aveva nient'altro da dirmi.

Dopo aver vagabondato su al diciannovesimo piano e giù

al diciassettesimo, mi rassegnai e chiesi al computer dell'edificio dove fosse andata.

Per un accordo implicito tra noi nelle settimane passate, si era impossessata progressivamente della metà superiore dell'edificio, lasciando la parte inferiore a me, le mie piante di riso e i miei pesci. Mi andava bene così. Potevo vivere senza imbattermi in lei troppo spesso senza preavviso.

Lily non sollevò lo sguardo quando indugiai accanto alla porta della stanza.

"Com'erano i tuoi spaghetti?" Furono le sue prime parole, anche se avrebbe potuto rivolgersi al microscopio e non a me.

Un odore fruttato si diffuse nel corridoio. Arricciai il naso. Si era trovata un altro ex sgabuzzino delle scope, anche se uno leggermente più grande. Questo pullulava di funghi coltivati lungo un muro.

Le dissi che avremmo dovuto aspettare per il prossimo raccolto di grano prima di un altro tentativo.

"Oh, che peccato...," La sua voce suonava lontana, debole e distratta. "Be', la sostanza dovrebbe mantenersi in frigo."

Le sue dita snelle armeggiarono con la piccola manopola di regolazione, facendo movimenti impercettibili. La sagoma minuta nascosta da un camice da laboratorio di una taglia troppo grande, l'orlo del vestito viola che usciva leggermente da sotto, le caviglie lisce che sparivano dentro scarpe comode. Poggiava i piedi su una cassa.

Un orologio grosso e antiquato era appeso al muro accanto a una finestra ricoperta di pioggia. Non dovevo guardare fuori per sapere che l'inondazione non era calata. Tuoni vibrarono in lontananza.

L'orologio suonò. Cinque e mezza.

Sarei davvero dovuto andare a casa a preparare la cena.

Lily era ancora concentrata su qualsiasi cosa stesse studiando. Sulla mia lingua c'erano le parole *Cosa fai stasera?*

ma qualcosa mi fermò. Che volevo da lei se non era interessata a me? Un'amicizia? Un'esistenza collaborativa? Avevo dimenticato come si faceva.

Fuori dalla finestra, la pioggia incupì il cielo serale.

"A domani," dissi.

Senza sollevare lo sguardo, con la mano che ancora accarezzava il microscopio, mi fece un cenno di saluto con il mignolo.

Bruciarmi la lingua con un caffè troppo caldo come prima cosa di mattina non era il mio piano. Eppure, poche cose battono la nera amarezza per smuovere i sensi.

Oltre la finestra, il banano brillava di verde smeraldo, come fosse stato benedetto dai giorni di pioggia, che, per fortuna, sembrava essersi attenuata, alla buonora. Da qualche parte accanto al cespuglio di bambù, uno shama groppabianca iniziò una canzone.

Il *congee* sobbolliva sul fornello, pronto a essere servito. Il riso cotto in questo modo aveva sempre una lieve dolcezza, perfetta con un tocco di zenzero per dargli spinta. Ci mescolai un pizzico di sale e lo versai in una ciotola su un vassoio. Prima o poi mi sarei dovuto inventare un modo migliore per portare il cibo nella stanza di nonno. Alla fine, riuscii a non rovesciare il *congee*, ma non potei impedire al cucchiaio di scivolare fino al bordo del vassoio, dove lo bloccai giusto in tempo con il pollice.

Nonno sembrava ancora addormentato, con la coperta sottile ripiegata da una parte. Echeggiò uno scricchiolio di legno. Le persiane erano state lasciate aperte. Ondeggiavano lievemente avanti e indietro, spinte dalla brezza mattutina che soffiava nella stanza, fresca sul mio volto. La pioggia si era fermata, il cielo brillava di azzurro chiaro.

Strano. Nonno non apriva mai la finestra. Da qualche anno ormai, riteneva che diventasse troppo freddo dopo il crepuscolo. Ma in qualche momento nel mezzo della notte, si doveva essere alzato per spalancare le persiane. Doveva esserci voluta tutta la sua forza; ecco perché era ancora addormentato.

Meglio controllare per le zanzare più tardi.

Poggiai il vassoio sul comodino e mi allungai in avanti per mettere la coperta sopra nonno.

"La colazione è pronta, Ah Gung."

Non si mosse.

"Ah Gung?"

Aveva preso un raffreddore? Mi chinai in avanti e toccai la fronte di nonno. La mia mano scattò indietro. La sua pelle. Fredda.

"Ah Gung?" bisbigliai, con voce debole. Il mio corpo sprofondò nella sedia. Fuori da qualche parte, un codaforcuta gridò con il suo acuto *criii-iii-iii*.

Quel momento di esistenza non era previsto.

Non avrebbe potuto almeno dire addio? Come aveva potuto lasciarmi qui e basta?

Come non avevo saputo, non visto...

Sì, gli spaghetti, per la longevità, gli avevo fatto gli spaghetti a mano, aveva vissuto una lunga vita...

Ma forse non li avevo fatti abbastanza bene. Ed ero un fallimento inutile e totale per non...

Fissai la finestra aperta.

Ci poteva essere una ragione per cui l'aveva aperta: per liberarmi dal suo stesso fantasma.

Nel momento della sua morte, aveva pensato a me.

Il mio respiro si fermò. Lacrime, una marea crescente. Non le trattenni.

Nonno era l'unica famiglia che avessi mai conosciuto. E ora non ne avevo nessuna.

Il sole sprofondò basso all'orizzonte, i pannelli della serra scintillarono. La chiamata alla preghiera della sera si sollevò, ricchi toni melodici che risuonavano attraverso le strade più in basso. Un vento leggero faceva danzare le piante. Mi sporsi e accarezzai una spiga di grano. Non ancora completamente formata, i semi abbandonati alla lieve pressione tra le mie dita. I nuovi inizi erano proprio così: fragili, facili da schiacciare.

Rimasi accanto alla balaustra sul tetto dell'edificio, respirando alla vista sgombra sotto ombre di pesca che sbaffavano il cielo. L'alluvione era finalmente arretrata, ma pozze d'acqua rimanevano come punteggiatura non necessaria. Avevamo addomesticato la natura o lei aveva addomesticato noi? Forse un po' di entrambe le cose: il modo in cui dovrebbe essere.

La porta del tetto si aprì con un sibilo. Seppi chi era senza voltarmi.

"Ehi, sei sul mio lotto." Il gomito di Lily sfiorò il mio quando si spostò sulla ringhiera accanto a me, la sua maglietta bianca a tinta unita e i jeans neri semplici contro lo sfondo verde-dorato del grano giovane.

Potrei aver detto qualcosa in risposta. Non ne sono sicuro.

La brezza le riscolpiva costantemente i capelli, ciocche viola che fluttuavano come fiocchi, minacciando di annodarsi, ma senza mai riuscire a farlo.

"Ha avuto una bella vita, ti sei preso cura di lui. Lo sai, vero?"

Non risposi. Il mio corpo intero, una ferita aperta.

Da qualche parte oltre la strada, un *Garrulax mitratus* diresse un coro di uccelli. Restammo lì per un po', ascoltando la loro canzone, con le biciclette che sferragliavano nelle strade più in basso, accompagnando echi di conversazioni irrilevanti.

Lily si ficcò le mani nelle tasche. "Ceni con me stasera?"

Cosa?

Mi ci vollero un po' di istanti per ritrovare la voce. "Pensavo che ti piacessero..."

Reclinò la testa all'indietro, la sua risata seducente e piacevole. "No, Jin, ho detto che *preferisco* le donne. Ma, dai. Sono una tua amica. Possiamo uscire, fare qualcosa."

I pensieri si rifiutarono di formarsi in modo opportuno nella mia testa.

"E prima che lo senta da qualcun altro," continuò, sogghignando, "non è il genere che importa, è chi incontri."

La mia risposta sorprese persino me stesso. "E non mi sarebbe importato che tu fossi un uomo o una donna."

Un sopracciglio sollevato: una ricompensa agrodolce.

Le cose cambiano, aveva detto nonno. La vita cambia. Non venerare un passato che non c'è mai stato. Ma no, questo era diverso. C'era stata un'apertura, uno scioglimento, e dovevo solo capire come ricucire il passato nel futuro in una linea continua.

Nel presente ci voltammo in contemporanea l'uno verso l'altra.

Lei disse: "Che ne dici di spaghe..."

Io dissi: "Che cosa ne pensi di spaghe..."

Lei ridacchiò, io sorrisi.

Come ricucire il passato nel futuro in una linea continua.

Come dare forma a un singolo spaghetto per attraversare il filo della storia, collegando le nostre anime attraverso i burroni frastagliati del tempo: una benedizione di longevità.

Al di là della giustizia

di Rupsa Dey

traduzione di Francesca Secci

Rupsa Dey crede nel potere del linguaggio e dei gatti, ed è allergica solo a questi ultimi. Crede che se i limiti del linguaggio devono essere superati per adattarsi all'esperienza umana, allora deve dedicarsi a questo scopo. Non dice mai "No," al tè e se le dessero un'opportunità, le piacerebbe credere in un mondo senza confini. Ha ricevuto il premio Bal Shree in Scrittura Creativa. Potete trovare le sue ultime storie su Clarkesworld Magazine, The Dark, Muse India, *e* Northern Light Vol. 8.

Era la seconda volta quel giorno che il suo mecca-muscolo funzionava male. In precedenza, reazioni ritardate le avevano fatto trascinare la gamba sinistra, adesso una valutazione sbagliata fece inciampare Ulopi, il suo corpo attraversò in volo il pavimento della cucina, pollo *tikka* sintetico si sparse sulle piastrelle bianche. Musa giunse correndo, con movimenti frenetici, e tirò su Ulopi da terra.

"È il sistema operativo. Ha bisogno di un aggiornamento." Ulopi parlò tra i denti, poggiandosi pesantemente a Musa. La prima ondata di dolore si propagò attraverso il suo corpo che bruciava dove il metallo mordeva la carne.

"Madre, devi lasciare che ne parli al consiglio. L'embargo ci ha lasciati soli e abbandonati. Un'intera comunità non dovrebbe essere punita per l'errore di una sola donna. E io che pensavo che avessimo raggiunto ciò che i paesi nei tempi andati non erano riusciti a ottenere!" Camminava su e giù, con la rabbia che la attraversava. I suoi occhi caddero sul mecca-muscolo di sua madre e tutta la rabbia si esaurì di colpo, il suo volto appariva stanco e abbattuto.

"Non guardare la mia gamba con pietà! Aiutami, voglio andare sul balcone." Ulopi porse la mano a Musa.

"Per un po' dovremo solo tornare alla vecchia gamba. La metterò alla presa solare per qualche ora. Spero che non piova," mormorò Musa, la presa salda sulla mano della madre per stabilizzarla.

"Ora, vecchia ragazza sciocca, ti abbiamo in pugno." Ulopi diede una pacca al suo mecca-muscolo. Ce l'aveva da molto tempo, dieci anni e più. Tutti questi anni a stare attaccata a quella gamba di metallo aveva fatto sì che venisse trattata come una bambina dalla famiglia, come uno tratterebbe un cucciolo. A Musa sembrò strano che sua madre parlasse al suo mecca-muscolo.

"Devi farla sentire benvenuta, Musa. Le persone che come noi non hanno un arto attraversano molti cambiamenti. Se sei fortunato, un mecca-muscolo ti sostiene, prende energia dal calore del tuo corpo e funziona come qualsiasi altro organo. Sono stata in un mondo in cui non c'erano mecca-muscoli. Era un mondo più limitante," le aveva detto Ulopi. Si era sempre sentita umiliata dal progresso della tecnologia e ogni nuova invenzione la sorprendeva. Quello che Musa considerava un nuovo modo di vivere, i cambiamenti costanti e l'aggiornamento dei vari sistemi operativi, era per Ulopi un'ininterrotta reminiscenza del passato, un tempo antecedente agli arti artificiali che funzionavano da soli o alle maschere multifunzione che filtravano l'aria e trasmettevano messaggi. Ricordava con affetto quel mondo. Sì, era un mondo completamente diverso, pensava di frequente tra sé e sé, un mondo in cui l'immaginazione non era subito traducibile in cambiamenti materiali e pratici.

Indossarono le loro maschere e uscirono fuori, respirando l'aria portata dal mare.

"Sta spirando un vento forte, Musa," bisbigliò Ulopi.

"Non preoccuparti, domani il sole splenderà. La tua vecchia gamba starà bene, madre." Baciò Ulopi sulla guancia.

"Non lo senti, Musa? Il mare è arrabbiato oggi." Ulopi strinse la mano della figlia. La maggior parte delle volte Musa considerava queste dichiarazioni superstiziose, ma quel giorno sentì forte l'infrangersi delle onde, un mondo che scivolava centimetro dopo centimetro.

Amavano guardare il cielo notturno. Era disseminato di detriti, ma erano molti meno adesso rispetto a una volta, grazie allo sforzo di pulizia spaziale della Fase III.

"Questo è quello che succede quando vivi così vicino al cielo. Abbiamo volato troppo vicino al Sole, bambina mia," diceva Ulopi a Musa quand'era piccola.

Ma il cielo notturno era meraviglioso. Le stazioni spaziali che lanciavano i loro lunghi laser attraverso le vaste ombre del cielo per richiamare le navi a casa a volte li scagliavano anche verso il basso e, quando gli hub catturavano la luce, splendevano come una collina su Diwali, e i detriti scintillavano, come stelle perdute che avessero dimenticato di non dover brillare per sempre.

Un recettore solare solitario percepì la loro presenza e giunse volando.

"Bisogno di assistenza con la luce?" ronzò, emanando un lampo bianco e accecante su di loro.

"No, grazie," rispose Musa. Il lampo si attenuò e una lieve luce gialla circondò il piccolo globulo sospeso in aria.

"AQI 750. Speriamo che indossiate le vostre maschere. Fate buon viaggio." Il recettore solare fece risuonare la sua risposta automatica e volò via per appollaiarsi, una mosca nell'oscurità.

"Ti ricordi di quando l'ultimo paese annullò i suoi confini?" chiese Ulopi.

"Come potrei? È successo cinquant'anni prima che nascessi, Madre."

"Mi dimentico che sei solo una ragazza, Mumu!" Le mani di Ulopi tremavano.

"E tu sei una signora di centocinquant'anni in gran forma," sorrise Musa.

"Immagino di essere vecchia."

"Neanche un po'. Niente in confronto a Shama. Lei ha duecentonove anni."

"Sì, Shama ha visto tutto. Il terreno divenne così tossico, plastica in ogni cosa. Poi ci fu una guerra, trent'anni di razionamenti di cibo, guerre civili e corsa agli armamenti. Per quella io c'ero. I razionamenti di cibo hanno portato a migrazioni di massa, tutte le regole sono state infrante. Lentamente, anche i confini si sono infranti. Il ghiaccio dentro di noi si è sciolto e liquefatto, abbiamo rivolto le mani verso il cielo. Furono create cupole, sostenute da una rete di pilastri fatti di Charong, una variante geneticamente modificata di bambù.

L'umanità progredì, come se i cieli si fossero spalancati e ne fosse discesa una scalinata. Un'età di soluzioni, di riparatori, Musa, non ci crederesti! I paesi furono tutto fuorché sbandati. Una ragazza come te, una cosina giovane, propose che invece avessimo comunità, costruite intorno all'ethos della conoscenza libera, della libera scelta, e dello scambio equo di risorse, con limiti alla nostra popolazione, in modo che nessuna comunità potesse mai più sopraffarne un'altra. Si poteva scegliere a quale comunità unirsi. Chi avrebbe potuto fermarci?" I suoi occhi si inumidirono. Si fermò per riprendere fiato.

"Lo so, puoi vedere cose con cui non sei d'accordo. E questo è un bene. Se non vedessimo mai difetti in noi stessi, non cambieremmo mai. Ti arrabbi facilmente. C'è del fuoco in te, Musa," le strinse la mano. "Ma devi ricordarti che è importante avere fede. Lascia che i difetti ti spingano a trovare forza in te stessa. Ci vuole coraggio per avere fede, ricordatelo."

Musa scrutò nella notte. Giù nelle acque, il Bion borbottava e tremava, agitando l'acqua marina, mangiando plastica. Mentre calcolava parametri di progresso, diffondendo cifre olografiche nel cielo, luce diffusa ricadeva sulle onde infrangendo il suo gigantesco corpo verde che stava fermo, solenne e solitario, come se fosse appena consapevole del peso di ciò che stava facendo. Un sito di genialità post-tecnologica. Un sito di culto. Ricordava quando era una cosa nuova e scintillante. Un biocomputer che ripuliva gli oceani dalla plastica. Così tanti prototipi erano stati diffusi nel mare, i dipartimenti scientifici avevano un'occasione d'oro. Poi vennero le fasi dei test, furono trasmessi in TV tra le varie comunità e tutti loro guardarono col fiato sospeso mentre uno dopo l'altro venivano fatti scendere, solo perché il mare li distruggesse. Ma la disperazione e la volontà di rendere di nuovo abitabile un pianeta di plastica li fece andare avanti. Ora ce n'erano centinaia in tutto il mondo ed erano programmati per raggiungere zero residui di plastica nei prossimi cinquant'anni.

La maschera di Musa vibrò. Le maschere filtravano l'aria tossica e la rendevano respirabile. Erano alimentate dal flusso d'aria e potevano trasmettere messaggi da qualsiasi posto nel mondo. Abilitate dalla rete satellitare eco-com, anche loro erano state prodotte nella Fase III di Bonifica. La vita senza di esse era diventata impensabile e Musa era nata appena in tempo per quell'invenzione. Aveva equiparato il suo arrivo alla sopravvivenza in un tempo segnato dalla costante evoluzione e adattabilità: una crescente consapevolezza della modificabilità del sé e di tutto ciò che lo circonda.

"Messaggio in arrivo," disse la sintesi vocale.

"Leggi e mostra." Musa attese.

"È stata notata un'interferenza nel Bion vicino. Terza volta questa settimana." L'ologramma mostrò le marche temporali su cui erano registrate le interferenze.

"Il Bion ha registrato immagini degli eventi? Chiedi di mostrarle, se ce ne sono," disse Musa.

"Purtroppo, questo Bion è in modalità risparmio energetico. Il video richiede più energia e il cielo nuvoloso ha reso necessario che accendesse le telecamere solo una volta per il controllo giornaliero. Grazie. Il consiglio è stato allertato, non hanno escluso l'attività terroristica, ma sono certi che non si tratti di biohackeraggio. La minaccia sembra essere puramente fisica. Per favore, contatti il suo rappresentante di consiglio per maggiori dettagli."

"Attività terroristica?" Gli occhi di Ulopi scrutarono il volto di Musa.

"Ti dimentichi che abbiamo ridefinito ciò che è un'attività terroristica. Qualsiasi atto che ci faccia sprecare tempo è immancabilmente attività terroristica," rispose Musa.

"Questo è ridicolo e lo sai! Se devi andare al consiglio con una petizione, vacci con questa. Falla revocare!" Ulopi si agitò, con voce acuta.

"Non scaldarti così tanto," la ammonì Musa.

Appesero le maschere all'ingresso ed entrarono. Mentre Ulopi andava nella sua camera da letto, l'ultima cosa che Musa sentì fu la sua voce debole e acuta.

"Tutti voi scienziati di quest'epoca accumulate le ore. Da dove vengo io, ne sprecavano molte, guardando il cielo e le sue meraviglie. Dovreste trarne insegnamento." E con questo, Ulopi si addormentò.

Mentre giaceva a letto, Musa pensò a sua madre da bambina. Spesso le piaceva immaginare la sua vita. "Noi donne dovremmo fare storie le une sulle altre, vivere una come l'altra," le diceva Ulopi quando era una ragazzina. E lei le chiedeva di frequente: "Che cosa significa essere una donna?"

"Significa che il peso del mondo è sulle tue spalle. Ma non è una cosa brutta. Perché vedi, abbiamo spalle forti. Ci sosteniamo l'un l'altra."

Musa inventò fantastiche storie su Ulopi nella sua testa, storie che l'avrebbero fatta sganasciare dalle risate se le avesse sentite, storie che Musa non avrebbe mai confessato di fantasticare. Era un'abitudine che aveva cercato di proposito come un legame invisibile che la legasse a sua madre, qualcosa che le dava conforto. Un mese prima, il suo campione era stato accettato all'impianto di nascita. Al momento, gli arti si erano formati, i gomiti si erano piegati, le dita dei piedi erano comparse. Cinquant'anni sembravano cinquanta giorni. E pensava di essere nata solo ieri. Musa sorrise di sé. I suoi occhi si inumidirono.

Madre, ti sto per lasciare, disse a Ulopi nei suoi sogni quella notte.

Sto per diventare madre.

La mattina seguente, Musa mise la vecchia gamba di Ulopi a caricare nella presa solare e corse all'impianto di nascita alle sette del mattino. La dottoressa la ragguagliò su quello che avrebbe dovuto toccare e quello che non avrebbe dovuto toccare.

"È la sua prima volta?" le chiese.

"Sì," rispose Musa, col cuore che le batteva molto forte.

"Il primo sguardo è sempre importante. È quando la vita assume un altro significato."

La dottoressa la portò alla capsula di formazione.

"Ha pensato a un nome?" chiese a Musa.

Ma Musa non stava ascoltando, non riusciva a staccare gli occhi dal piccolo feto che cresceva dentro la capsula, le capsule erano più sicure di sette sigma, e visto che usare le capsule aveva aumentato l'aspettativa di vita di una madre di oltre tre decenni, il consiglio aveva limitato l'incubazione *in vivo* nel 2160.

"C'è il cervello, vede. Ancora in via di sviluppo," stava dicendo la dottoressa.

I suoi occhi erano incollati alla sua pelle, marrone e increspata in alcuni punti. Due tubi simili a carne erano attaccati all'ombelico del bambino e lo collegavano alla riserva di cibo.

"È meraviglioso," esclamò.

"Ha pensato a un nome?" chiese di nuovo la dottoressa.

"No," disse Musa. "Sceglierà quello che vuole essere, il nome che meglio si adatterà," rispose.

Dopo ampie ricerche nel 2120, la transizione era diventata facile come avere un mecca-muscolo. L'intero processo era finanziato dal consiglio e richiedeva solo due controlli di completamento una volta concluso.

"È fortunata che gli impianti di nascita non ricadano sotto le restrizioni di embargo o sarebbe stato difficile." La dottoressa si mosse verso la capsula.

"Penso che il consiglio abbia bisogno di farsi un esame di coscienza e chiedersi se non stia abusando dei poteri che noi gli abbiamo conferito," disse Musa, guardando verso le telecamere e sperando che la sua lamentela fosse registrata.

"La comunità non è forse complice nel consentire a un individuo una grave violazione proprio dell'ethos su cui sono basate le nostre comunità? Che la conoscenza è libera e la scoperta non appartiene solo a un individuo o a una comunità." La dottoressa parlava in maniera appassionata. Musa voleva continuare la discussione, in effetti aveva molte cose che voleva dire, ma il suo com ronzò e si morse la lingua, dirigendosi verso l'uscita.

L'hub del Centro di Studi Intercomunitario Bion (CSIB) era situato ai confini della foresta di mangrovie di Sundarbans. Quando Musa raggiunse la cupola, era già tardi. Appoggiò la bici contro il pilastro e corse dentro.

"Buongiorno Dottoressa Munasa, sono il Dottor Lind. Condurrò io l'inchiesta. Mi è stato detto che è la migliore studiosa del CSIB in Pan-Asia," sorrise lui.

"Mi chiami Musa. Sono sicura che esagerano. Venga, la accompagno di sotto," ricambiò il sorriso.

Sollevarono le maschere e, mentre scendevano le scale, Musa non poté fare a meno di notare che il Dottor Lind era interessato dallo Charong imbottito nei pilastri.

"Quello che vede è Charong piegato due volte e ha una cavità continua all'interno attraverso cui passa l'acqua. È foderato con iuta avanzata, che filtra le impurità fisiche, e Serenga, le cui molecole sono così minuscole che filtrano la maggior parte delle impurità dell'acqua marina processata dal Bion. Ecco come forniamo acqua potabile alla nostra comunità," spiegò Musa.

"È strano. Non ho mai sentito prima di questa bio-manovra." Il Dottor Lind sembrava confuso.

"La studiosa che l'ha scoperto non l'ha condivisa prima con il consiglio perché voleva bypassare la burocrazia del ciclo di approvazione e tutto il tempo che richiedeva per implementarla. È ancora sotto review." Alzò gli occhi al cielo.

"Quindi come ha fatto la sua comunità a implementarla?" chiese il Dottor Lind.

"Aveva influenza sui dirigenti, e immagino volessero da molto che un potere politico scavalcasse il consiglio, per cui quando è andata da loro hanno colto l'occasione al balzo. Gli anziani non sono stati avvisati. Nessuno dei nostri dipartimenti è stato contattato. È quasi sembrata un'iniziativa privata."

"Hanno seriamente sottostimato il consiglio, allora, e pensato che le sanzioni economiche o tecnologiche non sarebbero state applicate. Questo spiega l'embargo!" Il Dottor Lind annuì energicamente.

"Sì. Non ci piace molto parlarne." Musa distolse gli occhi. Quello di cui non le piaceva parlare era il fatto che la scienziata una volta era stata la sua protetta. Stavano sviluppando una lega con nanoparticelle con la funzione di accelerare la fotosintesi nelle alghe che consumavano ftalati. I risultati dei primi esperimenti erano impressionanti, ma la ricerca vera e propria richiedeva tempo, aveva bisogno di verifiche e Musa ricordava che essere così impaziente, così ansiosa di suggerirla come soluzione – spingendo per avere finanziamenti – l'aveva costretta a mettere da parte la ricerca, definendola come inutile. Ben presto, aveva lasciato il suo dipartimento, trasferendo la sua ricerca al dipartimento dei procarioti dove alla fine aveva scoperto Serenga.

Scesero in spiaggia in silenzio.

"Quelle foreste di mangrovie sono state recuperate dalla nostra comunità," disse Musa con un sorriso orgoglioso indicando la fitta linea verde che si estendeva dietro l'hub CSIB, il verde che si stagliava contro la sottile linea della sabbia bianca, scintillante, tossica.

Mentre si facevano strada attraverso la sabbia, Musa desiderò di poterla sentire sotto i piedi nudi. C'erano giorni in cui desiderava l'impossibile. La sua mente vagò verso Ulopi. Si chiese se la gamba si fosse ricaricata, poi guardò il cielo e sospirò.

Il Bion era ricoperto di alghe che lo alimentavano attraverso la fotosintesi, il suo corpo gigante poggiato sulla battigia, la flangia sommersa dal mare, tracannava acqua e riempiva le sue viscere cave in cui cianobatteri specializzati frantumavano la plastica e la processavano.

Il sole tramontava all'orizzonte, una grande palla di fuoco che si scioglieva nel mare porpora.

"Che cosa facciamo adesso?" chiese Musa.

"Aspettiamo e osserviamo."

Un momento prima c'era la pallida luce gialla del sole morente e poi il mondo fu coperto dalla familiare oscurità. Un recettore solare ronzò proprio sopra di loro.

"Bisogno di assistenza?"

"No, inchiesta in corso. La luce e il rumore ci distrarrebbero. Per favore, segnalala come no fly zone."

Passarono ore mentre aspettavano, le palpebre pesanti dal sonno, e si sarebbero assopiti se un suono improvviso non li avesse riscossi. Entrambi si misero a sedere con attenzione, l'aria pungente.

Percepirono un movimento dall'altra parte del Bion, come se un peso enorme ci avesse spinto contro.

"Stia ferma." Il Dottor Lind prese la mano di Musa.

Qualsiasi cosa l'avesse mosso prima, lo mosse di nuovo e sembrò spingere il Bion a pieno ritmo.

"Attenzione. Velocità non consigliata in modalità di risparmio energetico," li avvisò la sintesi vocale del Bion.

Quando si voltarono per guardare il Bion, l'acqua li colpì sugli occhi e sui volti a grande velocità, come coltelli in grado di squarciare la loro pelle. Il Bion inviò cifre olografiche nel cielo e in quel momento di luce improvvisa Musa intravvide un corpo che si muoveva nell'ombra, grande e a strisce. Il respiro le si bloccò in gola.

La bestia si mosse, strofinando il corpo contro la macchina gigante.

"Chieda al Bion di accendere le telecamere," bisbigliò il Dottor Lind.

"Modalità risparmio energetico. Dobbiamo farlo manualmente. La videocamera è dall'altra parte," riuscì a dire, sudando freddo.

"Non conosciamo il livello di tossicità dell'animale. Non le consiglierei di andarci vicino." La paura era evidente nella voce del Dottor Lind.

Le mani di Musa erano sudaticce. Qual era l'ultima cosa che aveva detto a Ulopi? "Non scaldarti così tanto." Le ultime parole famose.

"Ci serve il filmato," bisbigliò.

Le onde rendevano impossibile muoversi senza fare rumore. Mentre camminava producendo schizzi verso l'altra parte del Bion, l'odore di qualcosa di chiaramente animale le colpì le narici. Consapevole che si era avvicinata alla bestia, si irrigidì, un improvviso conato di vomito le percorse il corpo prendendo di sorpresa il Dottor Lind, che fece un balzo all'indietro, rumorosamente.

Lì vicino esplose un forte ringhio, raggiungendola, aprendosi un varco tra i venti forti e le bilance del Bion. Le si gelò il sangue e gemette, conscia della minaccia incombente. Un fetore pesante aleggiò nell'aria, percepì la bestia che la annusava.

Allungò la mano, l'arto proteso nell'oscurità, mezzo sperando che non sarebbe ricaduto sull'animale e mezzo temendo che lo facesse. Poi la sua mano percepì le alghe spugnose, la maniglia di metallo del pomello del filtro su un fianco e comprese che l'interruttore della telecamera era a pochi centimetri.

"Dottor Lind, corra verso la cupola CSIB quando glielo dico."

"Lei non viene? Chiedo aiuto." Le sue parole uscirono confuse.

Lei riusciva a sentire la sabbia sotto le scarpe. Pochi altri centimetri e avrebbe afferrato l'interruttore della telecamera.

Sopra la sua testa, le nuvole brontolavano e le onde si infrangevano rumorosamente contro il Bion. Le sue orecchie afferrarono il suono della sabbia che si spostava. Si stava muovendo verso di lei.

Potrei morire o potrei vivere, pensò Musa. In un istante, si gettò su un lato e le sue dita cercarono la telecamera con un'urgenza che non aveva mai conosciuto prima. Il Bion ronzò e inondò l'area di luce.

"Corra, Dottor Lind!" gridò. Il lucido corpo a strisce uscì dall'ombra e avanzò verso la luce. Una vaga consapevolezza la colpì. Crescendo, aveva visto così tanti video e documenti storici sulla biodiversità della sua isola che affondava. Con l'innalzamento dei mari, le mangrovie erano sprofondate e così avevano fatto la maggior parte dei maestosi animali che un tempo vagavano liberi da quelle parti. Una volta cacciata quasi fino all'estinzione, la popolazione delle tigri reali del Bengala aveva avuto un recupero a sorpresa nel ventesimo secolo. Tentativi di ripopolamento e leggi severe avevano aiutato a far ricrescere il loro numero. Ma i bracconieri non erano mai stati la minaccia maggiore. Diede un'occhiata al mare scuro, si chiese quante tigri avesse ingoiato e sentì un leggero capogiro. Le si seccò la gola. La guardò di nuovo, e questa volta i suoi occhi notarono la mancanza di pelliccia sul corpo, la pelle rugosa e gli strani piedi palmati. Solo le strisce rimanevano su una forma mastodontica, al tempo stesso spaventosa e triste.

Massiccia, con gli occhi gialli minacciosi e le narici dilatate, la tigre stava per fare un balzo verso di lei. Le mani le scivolarono dalla maniglia. Col cuore che batteva all'impazzata, si diede un gran daffare per riafferrarla, tirandosi su proprio mentre la tigre balzava. Spinta dal puro istinto di sopravvivenza, Musa si trascinò verso l'alto sul Bion, raggiungendo la sommità liscia, dietro le bilance. La tigre sbatté rumorosamente contro la struttura di metallo, ma il Bion, massiccio come un autobus, mantenne la propria posizione. Con la batteria quasi scarica, il Bion si spense e in lontananza l'hub CSIB si illuminò segnalando l'arrivo del Dottor Lind.

Uno strano senso di spossatezza trasformò i suoi arti in piombo. Troppa paura ti tiene sveglio o ti fa dormire. Musa stava dormendo, e sognava Ulopi.

"Non scaldarti così tanto," le diceva Ulopi. "Ti vogliamo bene, bambina mia." Si stava tenendo a lei. Nei suoi sogni, Musa stava singhiozzando. "C'è così tanto per cui vivere, madre." Stava stringendo il magro corpo di Ulopi a sé. "Abbi fede, Musa. Abbi fede nella vita. Trova sempre un modo." Ulopi sorrise e Musa scivolò da un sogno all'altro.

Continuò a svegliarsi per tutta la notte, stordita, eppure più o meno consapevole che la tigre non aveva mai lasciato il posto. Se Musa annaspava in cerca d'aria, così faceva la tigre. Una era appiattita sulla sommità e l'altra curva nella tana al di sotto, entrambe tremavano.

Quando avrebbe mandato assistenza il Dottor Lind? Si chiedeva tra il sonno e la veglia. Le zanzare ronzavano, riunendosi in massa mentre il vento si calmava. La sua maschera vibrò.

"Musa, ho avvisato il consiglio dell'esistenza di una bestia. Da questo momento, manderanno un veicolo per lei. È salva, Musa," irruppe la voce del Dottor Lind.

Era ancora stordita quando arrivò il veicolo e la sollevò. Qualcuno allacciò le cinture di sicurezza per lei e quando raggiunse la cupola0 avrebbe voluto dormire per giorni.

La mattina seguente si precipitò all'impianto di nascita, e chiese alla dottoressa se poteva toccare la capsula.

"Molto delicatamente," rispose.

Musa tenne la capsula e lasciò che il suo calore la inondasse, con le lacrime che le scorrevano sulle guance.

"Sta bene?" le domandò ripetutamente la dottoressa.

Quando Musa non rispose, la lasciò sola con la capsula. Era contro le regole, ma la dottoressa sapeva che il processo di nascita era trasformativo e richiedeva di infrangere le regole di tanto in tanto.

Una squadra di studiosi di fauna selvatica fu incaricata di analizzare le fotografie che il Bion aveva scattato mentre Musa si prendeva una settimana sabbatica per recuperare. Era lieta di essere estromessa dalla conversazione, eppure alcuni brandelli la raggiungevano occasionalmente, ricordandole la fragilità della vita umana. La tigre tornò diverse volte al Bion, creando meno interferenze.

Dato il fattore peso, si prese in considerazione il fatto che l'efficacia del Bion sarebbe diminuita se la tigre ne avesse colpito una delle parti sporgenti. Si fecero tentativi nelle settimane seguenti per creare una struttura Charong simile al Bion e lasciarla nella foresta di mangrovia in modo che la tigre non dovesse uscire dal mare e cercare riparo nel Bion. Ma comunque lo cercò, come una mosca la carne putrida.

Si interrogarono sui "perché," e i "come", ma nessun ragionamento riusciva ad aiutarli a trovare un modo di allontanarla. Alla fine, il consiglio decise che gli sforzi sarebbero stati meglio impiegati su misure preventive.

"È una tigre mutata. Molto più grande di quelle che ricordo. Deve essere tutto quello spazio vuoto laggiù. Non erano per niente estinte. Quelle che ho visto avevano una folta pelliccia, quasi maestosa da guardare. Una volta era l'indiscussa regina della giungla, ora una rifugiata, senza terra, senza casa," disse Ulopi a Musa alcuni giorni dopo.

"Come sta la tua gamba solare?" chiese Musa, cercando disperatamente di evitare l'argomento. Due giorni del suo congedo erano già passati e voleva che fosse senza tigre.

"Non può fare quello che fa un mecca-muscolo. Si trascina, e sollevarla è un'impresa. Quanto ci vuole perché finisca l'embargo?"

"Altri cinque mesi," la consolò Musa.

Nel frattempo, nel tentativo di far trasferire la tigre a un riparo temporaneo, un incontro ravvicinato ebbe come esito un ricercatore mutilato. Poi si dovettero effettuare riparazioni sul Bion, togliendo 48 ore dal suo ciclo temporale. Inizialmente, si fecero tentativi per trasportarla a un santuario di fauna selvatica, poi si controllarono i suoi livelli di tossicità. Erano abbastanza alti da mettere a repentaglio il santuario stesso. Alla fine, il consiglio dichiarò che dopo aver considerato che le vite umane, il loro tempo e il Bion stesso erano in gioco, era meglio che la tigre fosse confinata e contenuta in una struttura di ricerca dove gli scienziati potessero studiare la natura della sua mutazione.

Gli attivisti per i diritti degli animali obiettarono che il confinamento solitario equivaleva a una condanna a morte, che allontanarla dalle sue tane familiari sarebbe stato psicologicamente dannoso, accorciando la sua aspettativa di vita, e per quanto i loro cuori fossero pesanti, il consiglio era pronto ad averla sulla coscienza. Ma ogni azione permanente doveva essere approvata dagli Anziani Naga. La giurisdizione del consiglio non poteva interferire con la fauna selvatica locale che ricadeva sotto la giurisdizione della comunità coinvolta. I rappresentanti Naga chiesero una settimana per fare rapporto al consiglio con una risposta.

Il suo congedo era finito. Tutti gli studiosi di fauna selvatica tranne due furono richiamati dal consiglio. Ogni giorno dopo che la tigre ebbe lasciato il Bion, Musa accompagnò una squadra di ingegneri al mare per controllare l'entità dei danni. Per precauzione, furono integrate al gruppo due guardie forestali armate assieme agli studiosi di fauna selvatica. Musa voleva sperimentare una politica di non intervento a meno che la tigre non danneggiasse gravemente il Bion. La telecamera fu lasciata attiva per tutto il tempo per mantenere un'attenta separazione tra l'andirivieni della tigre e quello degli ingegneri. Musa non la incontrò di nuovo nei sei giorni eppure ogni volta che scendeva si sentiva stranamente all'erta, come se si aspettasse che la tigre emergesse all'improvviso fuori dall'ombra e balzasse su di loro. Esibì una faccia coraggiosa per gli ingegneri, che avevano solo ventiquattro anni ed erano troppo fiduciosi. Il livello dei danni del Bion non era catastrofico, ma le immagini delle solite ammaccature e graffi sul suo corpo furono catturate, raccolte e caricate nei file. Avrebbero determinato da che parte sarebbe andata la decisione.

Infine, quando arrivò il giorno della disposizione, Ulopi chiese a Musa di andare al posto suo.

"Ma io non sono un'Anziana," protestò Musa. Non si sentiva responsabile della futura traiettoria della vita della tigre e invece rifuggiva il pensiero di doversi impegnare troppo profondamente.

"Ti mando come mia rappresentante. Sono troppo vecchia," sbottò Ulopi. Si infastidiva facilmente quel giorno, pensò tra sé Musa.

"Shama è più vecchia," insistette Musa.

"Devi esserci tu," disse Ulopi. Non un'altra parola le sfuggì dalle labbra e si isolò da Musa per il resto della giornata.

Mentre andava al voto, Musa si fermò all'impianto di nascita lungo la strada.

"Viviamo tempi interessanti," disse al bambino. "Non vedo l'ora di svegliarti dal sonno," canticchiò.

"Gran giorno oggi. Ho sentito dire che sta andando al voto," le disse la dottoressa.

"Sì," mormorò Musa, non era preparata. Voleva andare via. Tutto in lei si ribellava ed ebbe bisogno di un po' di tempo in bagno per ricomporsi.

La comunità Naga aveva solo tre anziani viventi. Sedevano davanti ai membri del consiglio in silenzio. La sessione fu dichiarata aperta.

"Shama ha dato il suo voto. È negativo. Quello di Shashi è affermativo," disse il rappresentante Naga a voce alta. "Siamo in attesa che Ulopi smuova il pareggio. Musa, spero che Ulopi abbia comunicato il suo desiderio a te."

Musa li fissò inespressiva. Ulopi non le aveva comunicato nulla, pensò tra sé. Facciamola finita, si disse. Non vedeva l'ora di tornare dal suo bambino. Non vedeva l'ora di tenere la capsula, sentirne il calore, sentirla formicolare di possibilità e poi, ebbe un'illuminazione. La notte le si ripresentò nei pensieri con dettagli vividi, come se fosse trasportata indietro nel tempo.

I pensieri si rincorsero nel suo cervello, vaghi calcoli che sommavano cose di cui la sua mente conscia non riusciva a tenere traccia. Pensò alla tigre nell'oscurità, alla ricerca del Bion, notte dopo notte, attraverso la furia delle tempeste e della pioggia.

"Continuava a tornare," mormorò debolmente.

"Cosa?" chiese il rappresentante.

Continuava a tornare. Come una madre al nido. La cavità del Bion dove si rannicchiava era la sua capsula di nascita; la sua mente tirò fuori la risposta, il petto serrato al pensiero del dolore che la tigre avrebbe patito se fosse stata separata all'ultimo momento, tutta quella possibilità fatta fuori da una forma massiccia prima ancora che potesse verificarsi, e urlò: "No." I suoi occhi si serrarono, il suo corpo rifiutava quell'esito, vi reagiva visceralmente. La vita, la vita casuale, e la sua pura genialità le si rivelarono in un momento accecante e lei si sentì oppressa dalla conoscenza.

"Chiediamo agli anziani di considerare cosa ci sia in gioco." Il presidente della corte la guardò con disapprovazione.

"La tigre sta per partorire. Torna al Bion perché funge come la sua capsula di nascita. È dove si sente a suo agio. Partorire è già solitario e traumatico. Devo ricordare al consiglio quante madri perdevano la vita prima che noi umani trovassimo una soluzione per noi? Abbiamo separato il nostro utero dal nostro corpo fisico per alleviare la nostra sofferenza, ma le capsule che tengono i nostri bambini in incubazione diventano una parte della nostra memoria. Attraverso il tocco, funzionano in maniera molto simile a una parte di noi stessi. La tigre ha fatto la sua scelta. Il Bion è dove vuole partorire e separarla adesso renderebbe traumatico il suo viaggio nel parto. La nostra squadra di ingegneri ha raccolto prove che dimostrano che, a parte ammaccature e graffi, tutti danni minori, e anche se il suo peso ha rallentato il Bion, la struttura non è stata compromessa." Musa trovò che la forza le ritornava alla voce.

"Non possiamo proseguire senza prove evidenti della gravidanza della tigre."

Le fu chiesto di fornire giustificazioni per la sua conclusione ed espose i dettagli di quella notte, stabilendo infine che lei era l'unica che fosse riuscita a osservare la tigre da abbastanza vicino, per la durata maggiore.

"Il consiglio vorrebbe ricordare agli anziani che è loro la decisione di lasciare che la tigre usi il Bion. Tuttavia, il Bion appartiene a tutta l'umanità. Se verrà compromesso, la comunità dovrà portare il peso della sua decisione."

"Lo faremo," annunciò la sintesi vocale di Shama prima che Musa potesse levare la voce.

Quando alla fine il verdetto fu pronunciato, Musa si ritrovò seduta sul bordo della sedia, con le dita che tremavano.

"Sappiamo che qualche volta la cosa migliore che possiamo fare è non agire insieme da giudice, giuria e boia. Il consiglio terrà in mente che la bestia non è unicamente un nostro oggetto di ricerca, ma una forma di vita con una sua volontà," stava dicendo il giudice. "Come tale, la tigre non sarà confinata in un laboratorio solitario. Siamo l'era in cui si fa di meglio. Abbiamo bisogno di una soluzione migliore, una che funzioni non solo per la nostra specie, ma anche per tutte le altre che abitano su questa terra. Aspetteremo che partorisca. Nel frattempo, dobbiamo preparare un habitat vivibile per la tigre e il suo piccolo lontano dal Bion, uno che sia più permanente, uno che possa accettare di buon grado. Spero che la vostra comunità troverà le soluzioni necessarie. I fondi e i ricercatori saranno forniti solo per la ricerca di un nuovo habitat e non saranno usati per mantenere il Bion. Tutti i danni che il Bion subirà, minori e maggiori, saranno a carico dalla comunità Naga. Raccomandiamo alla comunità di iniziare con il progetto di dimora il prima possibile."

"Cominceremo immediatamente," disse Musa.

La carrozzina di Shama si fermò davanti a Musa. I suoi occhi guizzavano da una lettera all'altra della tastiera sullo schermo di fronte a lei. "Per un momento, pensavamo che ogni speranza fosse perduta. Grazie," disse la sintesi vocale. Shama sorrise.

"Loro è la Terra e noi siamo solo di passaggio," ricambiò il sorriso Musa. Ma aveva paura. Aveva deciso a nome dell'intera comunità. Sperava che il Bion fosse lasciato intatto fino al parto.

"Sono spaventata. Mi dispiace se ho impegnato tutti noi in qualcosa per cui non eravamo preparati. Finanziare un Bion ha un enorme costo economico," confessò Musa.

Gli occhi di Shama si mossero sulla tastiera in rapida successione.

"Sono vecchia ora, quasi una reliquia. Ho visto accadere tante cose. Come anziana, i fondi che ricevo dal consiglio si sono accumulati per decenni. Quanto è necessario per mantenere una reliquia. Prima di scivolare nell'oscurità eterna che verrà per me in un giorno molto vicino, spero di affrontarla sapendo di aver fatto tutto quello che potevo per lasciare questo posto migliore di quando vi sono nata. Sono felice che tu oggi abbia reso questa opportunità possibile." C'erano lacrime negli occhi di Shama. Contagiata, Musa si sentì lasciar andare un singulto. Qualcosa di pesante che l'opprimeva si sollevò lentamente dentro di lei. Abbracciò Shama, singhiozzando nel calore dei suoi abiti.

Quando tornò indietro alla cupola, Ulopi era ancora fuori sul balcone ed era caduta la notte.

"Ho votato no," disse, abbracciandola da dietro.

"Lo so," sorrise Ulopi.

"Come?" chiese.

"Fede." Ulopi baciò la mano di Musa.

"Quali soluzioni hai proposto?" chiese a Musa.

"Ho detto loro che la nostra comunità pagherà per tutti i danni causati dalla tigre. Tanto deve essere fatto. I migliori scienziati e ambientalisti devono essere reclutati. Vogliamo costruire altrove un'abitazione permanente per la tigre e il suo piccolo. Fino ad allora, terremo sotto stretta osservazione il Bion e lei, vogliamo rendere il suo parto il più pacifico possibile," disse Musa.

"Avrai un po' di giornate impegnative," sorrise Ulopi.

"Mesi impegnativi, madre," la corresse Musa. "Oh, e ho detto al consiglio che i nostri avi avevano una relazione simbiotica con la specie, una volta potevano domare le tigri!"

"I nostri avi non erano in grado di domare un ratto!" rise Ulopi alle sue parole. Presto, la sua maschera vibrò.

"Per il suo contributo al consiglio, abbiamo deciso di revocare prima l'embargo. Il consiglio la invita alla conferenza Futuro della Vita," diceva il messaggio.

Ulopi e Musa si fissarono l'un l'altra, la madre che parlava alla figlia in silenzio, sorrisi che comunicavano cose che le parole non avrebbero mai potuto dire.

"Ci ho riflettuto sul dire loro della gravidanza della tigre. Avevo paura che avrebbero considerato il loro numero crescente una minaccia maggiore," disse Musa, rompendo il silenzio.

"Che cosa è cambiato?" chiese Ulopi.

"Ho ricordato ciò che tiene insieme le comunità. La conoscenza. Non appartiene a un individuo o a una comunità."

"C'è qualcosa che vuoi condividere con me?" chiese Ulopi.

Madre aveva un modo misterioso di sapere le cose, pensò Musa.

"Diventerò madre," la sua voce si incrinò mentre formava le parole.

"C'è del fuoco in te, Musa." Ulopi le accarezzò la guancia.

"Il fuoco ci purifica." Una lacrima le scese dall'occhio e sorrise.

"Vieni dentro? Scaldo un po' di *daal*," disse Ulopi, entrando in casa. Musa notò che la sua gamba solare si trascinava. Con l'embargo revocato, il mecca-muscolo sarebbe stato aggiornato.

"No, sto un po' fuori."

"Buon per te," sorrise Ulopi.

Il cielo era oppresso dalle nubi quel giorno. Ma la notte era limpida. Le nuvole si erano separate.

La maschera di Musa vibrò.

"Sono stata all'impianto nel Mare Arabico tutto il giorno. Sono stati scoperti nuovi mutanti marini e il consiglio ha ordinato una politica di interferenza zero, sembra che si siano sviluppati senza di noi. Non ho ancora controllato la notizia. Volevo saperlo da lei. Cos'ha scelto alla fine?" chiese il dottor Lind.

Musa fissò il cielo.

In lontananza lampeggiarono le luci di una stazione spaziale. Una nave tornava a casa dopo aver pulito detriti a est.

"La vita," disse, sopprimendo un singulto. Voleva dirgli molto di più, ma lo stupore delle ultime ore l'aveva lasciata priva di parole e ora non le importava di perdere tempo, voleva crogiolarvisi.

"È stato facile?" chiese lui.

Non lo sapeva. Tutto ciò a cui riusciva a pensare era il fuoco che aveva visto negli occhi della tigre quella notte, il fuoco che Ulopi vedeva in Musa. E immaginò una tigre giocare con il suo piccolo, correndo attraverso la vasta distesa del cielo notturno, di un giallo accecante, purificato dai detriti, da anni di errori.

ISOLA VERDE

di Shauna O'Meara

traduzione di Francesco Verso

Shauna O'Meara è una scrittrice di fantascienza pluripremiata che vive in Australia. I suoi scritti sono stati pubblicati su Cosmos Magazine, Interzone Magazine, On the Premises, Writers of the Future *e in una serie di antologie di narrativa speculativa, tra cui* Everything Change *dell'Arizona State University. Sceneggiatrice premiata da Script Pipeline nei generi dell'azione, del thriller e del dramma, Shauna scrive di donne esperte e della classe operaia nelle loro molteplici forme. Ama le storie piene di scienza interessante, antagonisti con abilità strategiche, famiglie ritrovate, squadre di supereroi composte da gente normale; le sue storie hanno spesso un tocco umoristico, ed esplorano temi legati alla mobilità di classe, all'appartenenza, all'impatto dell'uomo sul pianeta e ai costi-benefici dei percorsi di vita non intrapresi. Potete trovarla su Instagram all'indirizzo @shaunaomeara*

Kara si precipita nell'atrio del Palau Mabul – un tempo resort a cinque stelle – scostando le porte d'ingresso con tale forza che il pandano va a sbattere contro il muro. Scagliando la sua ossatura magra da duecentonovantanove giorni sull'isola sulla poltrona reclinabile in vimini, si rivolge alla telecamera che si libra al centro della stanza: "Il gioco deve finire!"

Pelle morta color marrone si sta staccando dalle sue spalle e dal naso come vernice di una casa inagibile e i suoi occhi, riflessi nell'enorme lente scura della telecamera, sembrano affondati nella mutevole luce ambrata delle applique solari. Sangue fresco riga le sue nocche.

Anche per i suoi stessi parametri, è parecchio lontana dalla ragazza rubizza che il primo giorno era entrata nella Logue Room vantandosi che la sua squadra aveva il concorso Isolare verde "nella cazzo di saccoccia".

Che c'è che non va, Kara? La voce dell'intervistatore è calma come quella di uno psichiatra, quasi cadenzata.

A Kara si storce il labbro. "Lo sai benissimo". Ci sono telecamere in tutta l'isola malese di Mabul; nulla di ciò che fanno le tre squadre – Sostenimento, Miglioramento e Ricostruzione – va perduto senza essere registrato.

Quando l'intervistatore non risponde, Kara sbuffa d'impazienza e aggiunge: "Va bene, d'accordo, *come sai*, gli abitanti delle isole circostanti ci hanno aiutato a realizzare le nostre colture di alghe."

Sappiamo che hanno fatto delle incursioni nelle vostre acque e hanno rubato dei prodotti a discapito delle Regole Uno, Due e Dieci.

"Sì, corretto. All'inizio. Finché non gli abbiamo permesso di scambiare manodopera con alghe e finocchio marino. È un accordo che è andato bene. Ma adesso c'è un problema."

Volete destinare una parte del budget della vostra squadra alla messa in sicurezza delle acque? Potete permettervelo.

"Eh? No! È il contrario. La nostra presenza ha creato il problema e queste acque sono loro."

Si sente un botto provenire dal pandano e un lampo di cielo stellato s'intravede al di là, mentre Silas irrompe sulla scena. "Che cazzo di problema hai, eh Kara? Hai rotto un labbro a Curtis, cazzo! Non farà una bella figura alla tele."

"Se l'è cercata."

"È stata una cosa fuori luogo. Un'interferenza con un'altra squadra. Saremo fortunati se non verremo squalificati."

"Dimenticati la partita, Silas! Non ti interessa quello che hanno fatto?" Kara si passa una mano tra i capelli impastati di salsedine, sentendo il ruvido raschiare della sabbia appiccicata. "Tu sei il caposquadra! Dovresti esserci tu qui a farlo."

"A farlo?" Silas guarda la telecamera, di colpo diffidente. "A fare esattamente 'cosa'?"

Silas, l'Area Logue è uno spazio privato dove i concorrenti possono registrare i loro pensieri...

"Gli sto chiedendo di interrompere il gioco per motivi ambientali".

"Tu cosa? Ti sei fottuta il cervello?"

Le narici di Kara si dilatano. Si alza e trascina Silas nell'aria notturna, dove li attende un'altra delle onnipresenti telecamere dell'Isola Verde.

Il resort abbandonato con la sua Area Logue occupa il punto più alto del paesaggio e dalla sua posizione dominante l'isola di Mabul si estende intorno a loro, abbastanza piccola da quando il mare si è alzato tanto da permettere a Kara di vedere l'oceano lambirne le rive.

Ai fini della gara, l'isola è suddivisa come una torta.

Un terzo è occupato dal progetto Squadra Miglioramento, le forme squadrate delle loro fattorie verticali sparse per il paesaggio come server, le enormi strutture di vetro e l'impianto solare che li alimenta smaltati di blu al lucore lunare. I generatori di onde, che fungono da frangiflutti contro le mareggiate, formano un muro basso e nero oltre la linea della marea, mentre più in là le maglie galleggianti delle fattorie di carragenina del Miglioramento si alzano e si abbassano sul mare calmo, come pixel neri nell'acqua riflettente.

Il terzo di Kara e Silas è il progetto Squadra Mantenimento, campi di finocchio marino commestibile e di colture resistenti alla salsedine che si adagiano bassi e arruffati sul paesaggio, interrotti solo dalle tende dei loro quattro scienziati e dalla forma tozza e a cupola del digestore di Tomaso che ricicla i rifiuti e produce biogas. Al di là degli strati di mangrovie dei bassi fondali, creati per filtrare il ruscellamento e proteggere dalle mareggiate, le linee di galleggiamento parallele delle colture commestibili di agar-agar e coccoloba si mescolano alle boe gialle che delimitano le gabbie di vongole giganti sul fondo del mare.

Ma è verso il terzo spicchio della Squadra Ricostruzione che Kara rivolge il corpo e l'attenzione di Silas. In fondo al pendio, gli inefficienti grano, orzo e lupini del vecchio mondo si adagiano su un terreno e su un superfosfato che si trova in cima a una membrana avanzata impermeabile ai sali. L'energia a base di carbonio comporta delle penalità nel punteggio, quindi c'è il solare, grazie a Dio. La Squadra Ricostruzione ha anche copiato il frangiflutti/generatore di onde della Squadra Miglioramento (quando gli è stato contestato il furto di idee, Curtis ha semplicemente risposto che la gara non era tanto di riabilitazione delle terre salate quanto di innovazione agricola e che in nessun futuro immaginabile l'innovazione sarebbe mai stata priva di spionaggio). Enormi anelli neri di salmoni e cernie, che necessitano di proteine, sono sparsi nel terzo d'acqua della Squadra Ricostruzione e, al di là di quelli, Kara riesce a scorgere le barche della sicurezza che Curtis ha noleggiato per difendere il prodotto vivo dal bracconaggio.

L'intero progetto è di cattivo gusto e persino Silas, per lo più diplomatico, ha definito la Squadra Ricostruzione non molto fantasiosa viste le risorse tecnologiche a disposizione dello spettacolo, anche se la tecnologia obsoleta non è il motivo per cui Kara ha chiesto la fine del gioco.

Lungo tutta la costa, l'acqua s'illumina di blu, un blu spigoloso, glaciale e letale, come la sezione di galassia che filtra attraverso una crepa nella terra o un segnale di allarme sopra un polipo dagli anelli blu.

"Marea rossa," dice Silas, quasi stancamente, quando Kara glielo fa notare. "Ero lì, ricordi, quando hai colpito Curtis in bocca per questo motivo. Senza prove di danni subiti da parte nostra, aggiungerei." Lui sgrana gli occhi e borbotta che saremo fortunati se non ci faranno causa. "Ho chiesto a Naoko di controllare le vongole. Presto sapremo se dovremo cancellarle. Non preoccuparti, Kara. Abbiamo ancora le alghe e le colture agricole. Penserò a qualcosa per far quadrare i conti." I suoi denti lampeggiano cupi: sfida accettata. Silas è qui perché, come tutti loro, è competitivo fino al midollo. "Possiamo ancora vincere. Non c'è bisogno di sputare il rospo e fare i bagagli."

Kara si chiede se anche lui vede il bordo blu del mare come lei, o se la linea irregolare e luminosa che avanza su e giù per la spiaggia si trasforma in qualche modo nella sua mente nell'andamento volubile di un grafico azionario. Il mare si muove da sinistra, facendo risalire gli avvallamenti e le creste della linea: mercato in rialzo.

"Se fossimo arrivati alla raccolta, i cinesi avrebbero pagato un sacco di soldi per la carne," riflette Silas, tenendo conto del fatto che le vongole sono morte e che si sta già cercando di limitare i danni. La marea si ritira da sinistra e lascia il posto alla discesa. "Che ne pensi di usarle come fertilizzante, Kara? Credi che darebbero una spinta al finocchio marino? Se siamo fortunati, la fioritura manderà a puttane i pesci della Squadra Ricostruzione. Avranno delle perdite..."

"Cristo! Basta con i discorsi sul gioco! È una cosa più grande di questa."

Più al largo, Kara riesce a scorgere le forme lunghe e nere e gli occasionali fuochi da cucina di decine e decine di barche e case galleggianti in legno: gente delle isole circostanti attratta dall'agricoltura che si svolge su Mabul, dai prodotti in via di maturazione. Non ce ne sono mai stati così tanti. Un brivido elettrico di preoccupazione la attraversa.

Il rialzo di mercato torna a crescere. E poi scema.

Le sopracciglia di Silas si aggrottano. Lei sa a cosa sta pensando. Più grande di quattro milioni di dollari di premio?

Naoko, la maricoltrice, risale di corsa dalla linea di galleggiamento, accompagnata da Tomaso, i cui pantaloni a zampa sono arrotolati fino alle cosce e che senza dubbio ha presidiato la barca d'appoggio. La muta di Naoko è lucida d'acqua e i suoi capelli neri pendono in lunghe ciocche piovigginose dove sono sfuggiti alla guarnizione del cappuccio. Una torcia le sbatte sul fianco. "La fioritura si sta addensando, ma le vongole sono ancora vive. Se le spostiamo in acque più profonde, potrebbero ancora essere salvabili."

Silas sembra piuttosto sollevato.

"Ma quanto è affidabile?" Chiede Kara. In qualità di botanica della squadra, Kara è stata responsabile delle colture terrestri resistenti alla salsedine e del ripristino delle mangrovie. Ma conosce abbastanza la vegetazione marina da sapere che la fioritura delle alghe può rendere mortale la vita marina senza ucciderla davvero.

Naoko accetta il punto. "Di certo non le mangerei."

Ci sono già due telecamere che ronzano e seguono i loro volti. Presto ne arriverà una terza. I frettolosi botta e risposta di mezzanotte sono sempre un dramma: oro televisivo.

Silas è accigliato. "No?"

"Non senza un'analisi rigorosa dell'acqua. A seconda della fioritura, potremmo trovarci di fronte a un avvelenamento paralitico da crostacei, a malattie diarroiche, a tossicità epatica: qualsiasi tipo di tossine che potrebbe persistere nelle vongole vive."

"Vedi, Silas?" interviene Kara. "Stiamo parlando di un'importante contaminazione ambientale. Contaminazione delle acque in cui pescano le popolazioni locali." Lei pensa a tutti i bambini che ha visto tuffarsi in cerca di bivalvi selvatici dalle loro canoe. "Non si tratta più del gioco. Abbiamo una responsabilità nei confronti della regione..."

Silas la ignora. "Avrà lo stesso impatto sui pesci della Squadra Ricostruzione?"

Stronzo!

Naoko inclina la testa, ma è troppo professionale per replicare, tanto meno per dare un pugno in bocca a un uomo. "Avremmo bisogno di risultati per sapere qualcosa. Le speculazioni fanno perdere tempo."

Silas annuisce. "Giusto. Troverò una soluzione per questo. Comunque, nel caso in cui qualsiasi cosa sia, fosse dipendente dalla dose, è meglio spostare le gabbie. Avremo bisogno di tutto l'aiuto possibile. Tomaso, corri a vedere se le altre squadre vengono ad aiutarci!"

Tomaso scruta il viso stretto e abbronzato di Silas, sospettoso di mancanza di rispetto per la sua competenza, di essere stato mandato a fare una commissione in quanto più giovane.

Silas sospira. "Devo salire alla Logue per una consegna urgente di attrezzature per l'analisi delle alghe. Naoko deve trovare un posto sicuro per trasferire le gabbie e Kara... Kara prende a pugni la gente."

Naoko si congeda e la sua esile muta torna verso l'imbarcazione.

Silas lancia a Kara uno sguardo sprezzante alla "non metterci in imbarazzo," e si dirige all'Area Logue. Tomaso sorride e si allontana, le dita dei suoi piedi nudi emettono un suono sbiadito tipo "duf duf duf," mentre svanisce tra sabbia profonda e asciutta in direzione della Squadra Miglioramento, con i talloni che sollevano zampilli bianchi sulla sua scia.

Le telecamere si disperdono, una segue Naoko e l'altra Tomaso.

Kara guarda la telecamera che la segue. "Per favore, fermate il gioco," dice, "sulla base delle Regole Quattro, Cinque, Otto e Nove. La gara non vale il rischio che rappresentiamo per l'ambiente e per gli abitanti del luogo. Loro continueranno a pescare qui anche dopo che ce ne saremo andati."

Nessuna risposta – questa non è l'Area Logue – anche se Kara non dubita che le sue parole siano arrivate a qualcuno.

È arrabbiata perché è lei a doversi assumere la responsabilità del danno; perché le Squadre Sostenimento e Miglioramento, che hanno avuto un impatto ambientale minimo, devono essere privati di una ricompensa per poter mitigare la distruzione della Squadra Ricostruzione. Ma non c'è altro modo se non quello di fermare la gara. Si tratta tanto di un esperimento sociale quanto di una sfida di innovazione e Curtis ha già dimostrato di non avere la stoffa necessaria per assumersi la colpa. O addirittura per cambiare i suoi metodi.

La sua espressione, sorridente e sprezzante, quando Kara gli aveva detto solo poche ore prima di come il superfosfato che filtra nella sua porzione di Mabul stava causando la fioritura, le fluttua nella mente. Kara è una botanica; conosce l'eutrofizzazione. Per Curtis, lei è soltanto la più fastidiosa delle donne: un'arpia istruita.

"Voi di Sostenimento siete solo invidiosi," le riecheggia la voce di lui in testa, "perché stiamo già spedendo prodotti in Indonesia."

Le labbra screpolate dal sole di Kara si sono ritratte, mostrando i denti. Si chiede quanto sembrerà rabbiosa nei replay televisivi quando saranno di nuovo tutti insieme per lo speciale di fine gara in abiti e vestiti a nolo, i capelli scolpiti e il trucco perfetto. Lei e Curtis andranno d'accordo allora? Ci metteranno una pietra sopra e diranno che faceva tutto parte del gioco? Non crede andrà così.

"Quindi avete avuto la produzione più alta. A quale costo?" aveva chiesto. "I vostri metodi non sono sostenibili o autonomi e stanno avvelenando l'acqua. Questa gara è valutata in base a molto di più che non a far decollare un raccolto."

Isola Verde infatti viene giudicata in base a dodici criteri di valutazione:

UNO – Prodotto in tonnellate per acro di terreno o volume d'acqua

DUE – Valore del prodotto per acro di terreno o volume d'acqua

TRE – Costo di produzione (redditività)

QUATTRO – Impatto ambientale

CINQUE – Sostenibilità

SEI – Impronta di carbonio

SETTE – Facilità di implementazione e facilità di replica da parte di altri progetti di riabilitazione

OTTO – Sensibilità culturale

NOVE – Responsabilità sociale

DIECI – Rischio di sicurezza e suscettibilità del progetto a essere distrutto

ELEVENTO – Occupabilità e opportunità di lavoro

DUE – Capacità di adattare i prodotti grezzi ad altri scopi come base per l'industria regionale

Kara aveva sottolineato i punti in cui Curtis stava fallendo. Alla menzione del Nove, Curtis si era risentito: "Responsabilità sociale? Che cos'è, in termini pratici? Condividi la tua illuminazione liberale, Kara, perché a me sembra un pippone strappalacrime."

"È gestire un'azienda in modo morale, con l'obiettivo di migliorare, o almeno non danneggiare, la società."

"Morale!" Curtis si era messo a ridere. "Dimmi un po', come si fa a dare un valore alla morale? E di chi sarebbe, con

precisione, la morale che forma questo fondamento di per-
fezione? La tua? Spero proprio di no. Come fa il mercato
azionario a valutare una cosa del genere?"

Kara aveva iniziato a spiegare che parecchi investitori
mettono soldi in aziende che riflettono i loro valori, quando
Curtis aveva gesticolato con la mano come se lei non fosse
altro che una mosca e aveva detto: "Senti, voi giocate a modo
vostro, noi giochiamo a modo nostro. Se la produttività costa un paio di cazzo di tartarughe marine, così sia". E poi le
aveva fatto un ghigno, con le labbra larghe da cane bastonato
che si torcevano in diagonale, e aveva fatto finta di toccarsi la
tesa di un cappello immaginario. "Signora..."

Kara si era sentita come ribollire ed esplodere attraverso
il tessuto dell'universo. Il cazzotto era partito su quelle labbra prima ancora che il suo cervello avesse registrato il movimento della spalla.

Si sgranchisce la mano. Le nocche le bruciano ancora. È
un gran bel dolore.

Tomaso torna con i quattro membri della Squadra Miglioramento: Scott, Kendra, Lilian e Olek. "Curtis non è
voluto venire. Non voleva nemmeno che altri lo facessero."

"Quel tipo è un vero stronzo," fa Scott. Il capo della Squadra Miglioramento è alto, robusto e malvestito nella sua camicia olivastra, come lo sono tutti quanti dopo aver vissuto così a lungo sull'isola. Gli angoli dei suoi occhi verdi si
stringono in segno di solidarietà mentre dice: "Mi spiace di
avervi incasinato le cose. Che possiamo fare per voi?"

Kara delinea il compito e tutti si dirigono verso le tende
per prendere mute e torce d'acqua.

Si ricongiungono al litorale di Sostenimento, dove le
onde entrano ed escono dalle aperture delle mangrovie,
facendo scintillare luci soffuse blu dai fondali. Naoko li
chiama dall'imbarcazione, la prua metallica del gommone

è illuminata come qualcosa di magico che, alla fine della notte, potrebbe essere trasportato via in cielo.

"Wow," esclama Kendra, la curva della sua mascella e le linee delle sue sopracciglia assumono una lucentezza perlacea. "È così bello."

Il biondo e malmesso Olek le rivolge un leggero sguardo di disapprovazione. Scott lancia un'occhiataccia di commiserazione a Kara: "Un po' di relax, se vuoi. È un ingegnere, non una biologa. Conosce i pannelli di vetro, ma non è così esperta di morte."

Kara non può fare a meno di sorridere. "Forza. Facciamolo."

Si immergono nell'acqua ancora calda di giornata e nuotano tra le mangrovie fino alla prima boa gialla, con vortici di neon che si muovono a spirale. Alla boa, attivano le torce, inspirano aria e si immergono.

Per un breve spazio, tutte le distanze e le direzioni scompaiono. I raggi delle torce faticano ad attraversare la fitta fioritura intricata e Kara si chiede come sia possibile che qualcosa possa essere chiamato Marea rossa, quando è di colore verde-panna nella luce e bianco-azzurro in sua assenza.

La prima gabbia si intravede, avvolta dalle erbacce come il Titanic. Dalla sua imbarcazione, Naoko spara un raggio bianco nell'acqua davanti a sé, indicandogli dove lo vuole. Loro si dispongono lungo il rettangolo della gabbia – quattro agli angoli e due ai lati – e, come portatori di un feretro, accompagnano le vongole attraverso l'erba marina ondeggiante e alta fino alle ginocchia. L'incursione disturba forme scure che scivolano via dal fondo del mare. Solo i pesci palla restano sicuri di sé – come spesso succede alle cose velenose – e si muovono dentro e fuori i raggi delle torce. Le loro minuscole pinne vibranti si illuminano di giallo-oro.

Poi la gabbia arriva al suo posto e loro ansimano in direzione della superficie, i volti punteggiati di macchie verdi e illuminati malamente come se fossero coinvolti in storie di fantasmi.

"Primo," ansima Tomaso. I suoi capelli neri e ricci sono appiccicati alle guance e lo fanno sembrare più giovane.

"Quanti ce ne sono?" sbuffa Olek.

Kara, respirando forte, vede Tomaso aprire la bocca per rispondere. Lo batte sul tempo, dandogli un calcio sott'acqua. È un bravo scagnozzo, non si tira mai indietro. "Solo una ventina."

Tornano a nuotare a rana verso la seconda boa.

Scott scivola accanto a lei. "Visto che mi hai dato un calcio d'avvertimento, quanti sono in realtà?"

Kara sente le guance riscaldarsi, ma Scott sorride, le sue grandi sopracciglia aggrottate in segno di malizioso divertimento. Ha i denti di sotto storti. "Più o meno trenta. E quella era una delle più piccole."

Fa un fischio basso. "Tutta la notte, allora."

"Già. Mi dispiace."

"Non è colpa tua. Mi riprenderò le calorie da Curtis."

Raggiungono la seconda boa e ripetono la procedura. Stavolta Kara si mette nell'angolo accanto a Scott. Alla terza boa c'è un serpente di mare; decidono di lasciarla per ultima. Alla sesta boa, nessuno di loro parla. Alla settima, Silas si unisce a loro. Avranno un'analisi dell'acqua per l'ora di pranzo.

"Ottimo lavoro," dice Kara. È l'unica parola di cui dispone. Continuano fino alle ore piccole. Gabbia dopo gabbia, i loro progressi rallentano di ora in ora.

A causa del freddo, perdono Tomaso alla gabbia diciotto. Lui se ne torna a riva, promettendo di preparare una zuppa riscaldata e delle coperte.

Quando le gabbie sono tutte a posto è già l'alba. La squadra è talmente esausta che Naoko deve rimorchiarli a riva a coppie.

Scott e Kara sono gli ultimi a tornare. Sono appesi fianco a fianco a uno dei filari di uva marina, con le foglie gommose e rigonfie che gli sfiorano la pancia e scendono lungo le gambe. Scott trema così tanto che le sue braccia fanno sobbalzare la corda come un pesce all'amo. Kara sta un po' meglio, ondate di brividi violenti le percorrono il corpo, rubandole ogni pensiero e parola.

Scott le getta un braccio intorno e la stringe a sé. Ma non ha calore da condividere e nemmeno lei. Sono freddi stecchiti, come due rane. "Stai b-bene?"

Lei annuisce con uno spasmo. "Solo... b-barca."

Mancano intere parole, anche se lui ha capito il senso. "Arriverà". Guarda provato verso la telecamera che si libra sopra di loro. Le telecamere li hanno seguiti per tutta la notte, con un ronzio sommesso ogni volta che riemergevano in superficie. "Vattene via," borbotta.

Sarebbe una bella mattina se Kara riuscisse a vedere bene. La superficie dell'acqua è color argento vivo alla luce dell'alba. Sopra, le nuvole abbastanza alte da catturare il sole prima che giri l'angolo del mondo brillano d'oro contro il viola pallido del mattino. Gli uccelli marini attraversano il firmamento su ali a lama di coltello.

Stretto contro Kara, Scott sussulta e trema. Ha gli occhi chiusi, le sopracciglia aggrottate. Il suo viso è bianco come porcellana. Ha un bel naso, pensa Kara.

Naoko arriva con un rombo di motori, per gentile concessione del progetto collaterale di Tomaso sul biodiesel. "Scusate se ci ho messo tanto, ragazzi", dice lei. "Lilian non era di buon umore".

Kara aggrotta le sopracciglia. "Sta bene?"

"Solo infreddolita."

Scott apre gli occhi. "Eh? Lilian?"

"Sta bene." Kara aiuta Scott ad appoggiarsi al lato della barca e Naoko guida l'imbarcazione lentamente verso la terraferma. Superano a fatica le mangrovie e risalgono la spiaggia proprio mentre il sole si affaccia sull'oceano, immergendo tutto in una luce soffusa e limonosa. In mare aperto, i pescherecci si agitano, la gente si dirige verso i pontili.

Gli altri delle Squadre Sostenimento e Miglioramento sono stesi sulla sabbia fresca e asciutta come leoni marini. Scott si lascia cadere sulla spiaggia, alla fine della fila, e si addormenta quasi subito. Kara si sdraia accanto a lui, grugnendo un "grazie," a Tomaso che stende una coperta riscaldata su ciascuno di loro.

Diverse ore dopo, Scott, Kara e Tomaso sono andati dalla Squadra Ricostruzione.

"Non hai nemmeno aiutato a spostare le gabbie, Curtis," fa Scott. "Un comportamento davvero indegno."

Curtis gli si para davanti ed è come un carlino di fronte a un segugio, alto e slanciato. Uno levriero, decide Kara, con naso forte e occhi penetranti.

"Stiamo giocando per un milione a testa," dice Curtis. "La dignità non conta a questo livello." Non sembra affatto a disagio per il fatto che una telecamera volteggia su di lui, giudicando ogni parola.

"Bisogna fermare il deflusso e compensare la Squadra Sostenimento se dalle analisi risulta qualche tossicità." Come Curtis e Silas, Scott non ha capito il punto: Kara non gli ha detto della richiesta fatta all'Area Logue di porre fine al gioco, ma apprezza il suo sostegno.

Silas e Naoko stanno analizzando l'acqua. Kara riesce a scorgere l'imbarcazione che entra ed esce dalla visuale mentre la brezza fa oscillare le mangrovie. Dietro di loro, le piroghe, le case galleggianti e i motoscafi degli isolani brulicano di attività. Kara vede ragazzi e bambini che si immergono dalle imbarcazioni e spera che la fioritura non si sia estesa oltre le acque di Isola Verde, che le telline selvatiche e le vongole che stanno riportando alle loro comunità siano ancora commestibili.

"Io non devo fare proprio un cazzo, Kara." Gli occhi neri di Curtis sono puntati su di lei, incolpandola per le parole di Scott. "Se decidiamo di scambiare la qualità dell'acqua per dei lupini ad alto rendimento, sono affari nostri. Rientra nelle regole. Proprio come voi avete scelto di lasciare che quei marinai prendessero un po' delle vostre alghe, cosa che immagino sia piuttosto negativa per le Regole One e Due."

Scott guarda Kara, sopracciglia interrogative.

Kara alza le spalle. "Ci aiutano a manutenere le filiere marine e gli permettiamo di portare a casa delle talee da mangiare. L'agar-agar e l'uva di mare sono i pilastri culinari della regione." Sogghigna a Curtis. "Voi proteggete il vostro perimetro con le armi e le barche; noi scegliamo la sicurezza attraverso la generosità e il lavoro."

Scott fa un cenno di approvazione e si volta verso Curtis. "È vero che le regole vi consentono di inquinare le vostre acque, ma avete inquinato anche le nostre. Questa è un'interferenza."

"No, è la Regola Dieci: suscettibilità del progetto alla distruzione. Pare che la Squadra Sostenimento, in particolare, sia soggetta a inquinanti di origine idrica. Dovreste rinforzare le difese, ragazzi, invece di fare orecchie da mercante."

"Bastardo!" grida Tomaso.

"Oh, possiamo giocare entrambi in questo modo, amico," ringhia Kara.

Si allontana di corsa, sentendo Curtis che le urla dietro mentre si fa strada tra le sue coltivazioni, invece di percorrere il sentiero attorno. Si vergogna, come botanica, di quanto le piaccia lo scricchiolio degli steli di grano sani e lunghi solo perché sono di Curtis. Le piante si spezzano dietro di lei mentre Tomaso corre a raggiungerla. "Qualunque cosa tu stia facendo, io ci sto," dice. "Hai intenzione di sabotarle, vero?"

Kara non è sicura di ciò che sta facendo, non è sicura che lo sta facendo proprio adesso a ogni passo messo nel posto sbagliato. Sente Scott e Curtis che si scambiano insulti e poi Scott è al suo fianco, solcando il campo, con le lunghe gambe che fanno sembrare tutto così facile. "Ehi? Stai bene?"

"Li saboteremo," dichiara Tomaso con veemenza. "Quid. Pro. Quo."

"Non fare il bambino," gli dice Scott. "Tu sei cosa... un mago dell'ingegneria di Yale?"

"Energie rinnovabili. Harvard."

"Bene. Comportati come tale." Scott dà a Tomaso uno spintone deciso, ma non senza affetto, in direzione della Squadra Sostentamento. "Vai a produrre energia o qualcosa del genere."

"L'energia se la crea da solo, testa di cazzo. Tipo, tutto il tempo. Io non la pedalo, cazzo".

"Allora vai ad aiutare Silas e Naoko. Vattene... ad abbronzarti."

Tomaso recepisce il messaggio e se ne va. Kara sente le dita di Scott scivolare nella sua mano, facendola fermare dolcemente in mezzo al grano. Si accorge di tremare.

"Non fare niente di stupido," le dice con dolcezza. "Per quanto ne sappiamo, il danno ambientale vale molti più punti negativi di un raccolto di vongole perso. E poi, oserei dire che è scritto nelle clausole che non ti è permesso tagliare le loro rete da pesca."

"Curtis porta calze *a rete*? Non c'è da stupirsi che sia arrabbiato. Quelle cose fanno schifo." Kara cerca di sorridergli, ma gli occhi le si chiudono. Tutto si distorce.

"Ehi!" Gli occhi verdi di Scott fissano i suoi, tremolanti di lacrime. "Va tutto bene." Allunga le braccia. "Posso?" Quando lei annuisce, lui la avvolge nel suo calore e l'abbraccia.

"È proprio una stronzata, Scott. E nemmeno gli importa. Naoko ha passato secoli a coltivare quei semi di vongole giovani. Ha dovuto eiaculare una vongola. Almeno sapevi che si può fare?"

"No. Sembra un po'..."

"Se dici 'lercio', non possiamo essere amici." Ma il volto di Kara s'incrina lo stesso e di colpo si ritrova piangere e a singhiozzare dalle risate sulla camicia di lui. Scott non commenta, né fa una battuta. La sua mascella resta un peso delicato sulla sommità della testa di Kara e le sue braccia rimangono intorno a lei finché non si calma. "Dio, tutta quella fatica fa male."

"Aspetta fino a domani," le mormora lui tra i capelli. "Il secondo giorno è sempre peggio."

"Grazie."

Lei sente il suo mento premere sul cuoio capelluto e sa che sta sorridendo. Scott fa un passo indietro e la guarda in faccia. "Ehi, so cosa ti farà stare meglio. Mai stata in una fattoria verticale?"

"Mi stai invitando a casa tua?" *Tipo un appuntamento?* Sente il cuore sobbalzare.

"Beh, tu sei una botanica, io sono un botanico. Mi sa che abbiamo le stesse fisse." Lui le prende la mano. "Vieni. Ti piacerà."

Kara sta per seguirlo quando, con la coda dell'occhio, vede quattro motoscafi fermarsi nei pressi della fattoria di alghe della Squadra Sostentamento: una ventina di giovani in cerca di lavoro. Mentre Silas e Naoko gli si avvicinano, Kara non può fare a meno di pensare a quanto siano vulnerabili, in un luogo così remoto e in così pochi. Sullo sfondo del mare e nella vastità dell'orizzonte, l'imbarcazione di Naoko e Silas sembra così piccola.

Kara scaccia le ombre dalla mente: tutti quei discorsi sulla sicurezza l'hanno spaventata.

"Se la caveranno," mormora Scott.

Inizia a farle strada. E siccome le piace e ha superato il dramma della gara, lo segue.

Passano in mezzo alla coltivazione di Curtis e si dirigono verso le gigantesche serre che dominano la parte dell'isola riservata alla Squadra Miglioramento, mentre il ronzio sommesso di una telecamera occupa lo spazio aereo appena davanti a loro. Kara cerca di ignorare l'intrusione, facendo finta che siano solo loro due. "Allora, dov'è casa tua?"

"Melbourne. Sono un docente universitario. Tu?"

"Canberra. Scienze Agricole: Dipartimento di Agricoltura. Sì, sì, lo so."

Lui le dà una gomitata scherzosa. "Penso che te la stia cavando molto bene per essere una persona senz'anima."

"Oh, ah ah. Ok, partner?"

Scott fa un fischio, si passa una mano tra i capelli ricci. "Subito al sodo, eh? Ma guarda come controlli subito le mie credenziali."

Lei tiene lo sguardo sulle torri di vetro e di luce che si ergono davanti a lei, non sapendo se il calore che le s'insinua sulle guance sia dovuto all'imbarazzo o al sole che rimbalza sui pannelli. "Io sono single. Preferisco i cani ai gatti. Il mio fiore preferito è quello della Cassia fistula."

"Ah, dovrò giudicarti in modo severo sul fiore. L'albero della doccia d'oro, corretto?"

Certo che ha ragione ed è anche molto sexy.

"Va bene, tocca a me, Kara. Aspetta. Siiingle...," Pronuncia la parola lentamente, come se avesse dieci sillabe, e le lancia un'occhiata laterale; lei non può evitare il sorriso che le scivola sulle labbra. "Lo so, eh? Anch'io non riesco a creder-ci. Sono allergico ai gatti e un po' buongustaio. Ho paura a tenere un bonsai nel caso lo uccidessi. E mi piace l'arte. Ma, purtroppo, sei sfortunata perché mi piacciono le donne di-screte." I suoi occhi verdi scintillano provocanti.

"Hai dimenticato il fiore. Giudizio severo, ricorda."

"Ah." Scott ci pensa su. Passano all'ombra della prima ser-ra. "Sì, Aechmea fasciata."

"Una bromeliacea. Bella."

"Sbagliato."

"Stronzate."

"Va bene, d'accordo." Fa strada a Kara fino a una picco-la porta di vetro, che lei capisce essere l'ingresso esterno di un'area a rischio biologico. "Sai, visto il tuo lavoro da go-vernatrice, pensavo che avresti scelto una pianta funzionale invece di una ornamentale. Mi piace che tu non l'abbia fatto. Apprezzi la bellezza." I suoi occhi s'increspano agli angoli. "Adorerai questo posto."

Entrano nell'area a rischio biologico, lasciando la teleca-mera fuori, e Scott passa a Kara una tuta bianca con cappuc-cio. Si spogliano, restano in biancheria e indossano i vestiti. "Quarantena di massimo livello," commenta Kara.

"Capirai perché in un attimo."

Passano attraverso la porta interna e si addentrano nel verde. Il caldo e l'umidità colpiscono come un muro, l'aria rovente avvolge e stringe Kara in modo così denso che sem-bra quasi vapore. Le sue guance pizzicano e fatica a respirare. "Oh cavolo!"

"Infatti, eh? Le piante l'adorano. Caldo, umido e giun-gloso."

"Giungloso?"

"Lascia stare. È una gran parola."

Kara ride e gira su se stessa, con il viso rivolto alle rastrelliere di piante che salgono verso l'alto. Dovunque è verde. In mezzo alle foglie, pomodori rossi e dorati pendono come planetari da cento soli. Kara spia le zucchine lunghe quanto il suo braccio e le melanzane grandi come meloni, viola come un drappo reale.

Non c'è vento: le foglie non mormorano, né frusciano. L'unico suono è il ronzio cullante delle api che vagano in quello spazio, degli insetti luccicanti di tanto in tanto alla luce del sole malese che filtra attraverso i raccolti mentre svaniscono nel fogliame. Senza dubbio, la Squadra Miglioramento sta producendo anche miele. Un prezioso sottoprodotto a basso costo. "Accidenti, questo vincerà di sicuro Isola Verde."

Scott sta studiando il suo viso e si gode la sua approvazione. "Forse. Ma è una rogna da mantenere. Ora capisco perché le grandi piantagioni verticali stanno al largo nelle arcologie galleggianti. Non si può rischiare che un patogeno delle piante entri qui con tutta questa umidità e calore. Se qui ci fosse un'epidemia di funghi o un virus del mosaico, la situazione andrebbe fuori di testa. Dubito che sarebbe così pratico in un paese povero, quindi la Regola Sette è esclusa. Tuttavia, il tuo progetto adatta il raccolto a ciò che è già nell'ambiente. È una furbata."

Kara prova un moto d'orgoglio. Inspira a fondo, assorbendo il muschio dolce della vegetazione. "È quello che speriamo. Di sicuro, ai ragazzi del mare piacciono le nostre alghe."

"Dimostra che hai un mercato." Scott le sta vicino adesso, il viso lucido di sudore. La sua bocca è incurvata dall'orgoglio e le sue grandi sopracciglia sono sollevate; la fronte increspata, mentre guarda le sue piante. Frammenti di cielo riflesso punteggiano i suoi occhi, trasformando quel verde in opale. Alza una mano per cogliere un grosso pomodoro giallo e il tremolio della pianta fa oscillare macchie morbide di luce sui suoi zigomi.

Voglio baciarti, ma ci siamo appena conosciuti, pensa Kara mentre Scott le passa il pomodoro.

Qualcuno grida da fuori, sembra in preda al panico, e un'ombra scura sfreccia oltre la serra a passi veloci.

"Kendra?" Scott corre verso l'area a rischio biologico con Kara alle calcagna.

All'esterno, il sole ha superato lo zenit. Adesso ci sono molte barche e, lungi dall'essere sparpagliate sull'acqua, intente in attività di pesca innocue, si sono radunate vicino alla riva.

Scott si ferma incespicando alla fine delle serre e osserva: "Si stanno prendendo…"

"Tutto quanto," sussurra Kara. La fa arrabbiare che ci siano già due telecamere pronte a registrare le loro reazioni.

Gli impianti di acquacoltura vengono saccheggiati proprio di fronte a loro, i pesci vengono scaricati dalle reti e colpiti a morte prima di essere trasportati su basse barche a motore. Qualunque tipo di sicurezza Curtis avesse ingaggiato a difesa dei suoi prodotti, adesso è fuggito o è stato ucciso o ha indossato nuovi colori e ha cambiato schieramento. Di fronte all'allevamento di acquacoltura, le filiere di alghe della Squadra Sostentamento stanno per essere raccolte, l'uva di mare e l'agar-agar vengono ammucchiati su piroghe presidiate da donne e adolescenti.

Olek accorre. "Scott! Fa parte dello spettacolo?"

Ci sono sempre state congetture sul fatto che gli abitanti delle isole circostanti siano stati attirati deliberatamente nelle acque di Mabul e, in tal caso, se il loro ruolo debba essere passivo o attivo. Anche adesso è impossibile esserne sicuri. Per quanto ne sanno, questa è una prova della Regola Dieci. Per quanto ne sanno, questo è il finale dello spettacolo.

Alcuni dei razziatori hanno pistole e machete sulle spalle. "Non credo," dice Kara a Olek. "O almeno, non credo che sia lecito supporlo."

"Pirati?" suggerisce Scott.

"Acque della Malesia orientale," risponde lei.

Scott si rivolge a Olek. "Riunione. Adesso. Area Logue. Raduna tutti quelli che puoi. Noi andremo a prendere la Squadra Ricostruzione."

Lungo la battigia della costa della Squadra Ricostruzione, Curtis si sta stritolando le tempie nella morsa delle mani e fissa il mare in preda alla devastazione. Si volta mentre Kara e Scott si avvicinano e fa un misero tentativo di nascondere le lacrime.

"Tutto quel lavoro!" caccia un grido. "Sparito in un pomeriggio." Scuote la testa mentre un put-put brontola trainando tre rastrelliere per carragenina della Squadra Miglioramento, con la barca che arranca così tanto sotto il peso che la poppa è quasi sommersa. "Non ho idea di quale cazzo di tregua vigesse qui prima, ma credo sia tutto finito."

"Forse la tua fioritura ha avvelenato qualcuno e loro si stanno vendicando," scatta Kara. Lei si arrende di fronte a un'occhiataccia di Scott. "Senti, forse stavano solo aspettando che tutto maturasse. In ogni caso, dobbiamo decidere cosa fare. Area Logue adesso. Tutti i membri. Ti consiglio di presentarti, stavolta."

Lei e Scott si lanciano sul terriccio importato della terra della Squadra Ricostruzione, immersi fino alle cosce nell'avena che stormisce e nell'orzo che scoppietta e dondola. Una volta usciti fuori dal raccolto e sulla sabbia bianca e salata della Squadra Sostentamento, Kara è grata che, per quanto terribile sia la situazione e per quanto lui stia andando veloce, Scott è attento a evitare di calpestare il suo finocchio piantato a mano. Al di là delle mangrovie, le gabbie per le vongole che hanno passato tutta la notte a spostare vengono issate sulle barche e Kara ha un brivido di terrore per ciò che potrebbe succedere a tutti loro se le vongole si rivelassero non sicure per il consumo umano.

Le Squadre Sostentamento e Miglioramento sono già all'Area Logue. Tomaso saluta Kara con un abbraccio da spaccare le ossa. I suoi occhi marroni, enormi e tormentati. "Non riuscivo a trovarti!" Fa un passo indietro, esaminando la tuta a rischio biologico di Kara. "Che hai addosso?"

Lilian e Olek farfugliano entrambi davanti alla telecamera, testa a testa. "Fa parte dello spettacolo?" chiede Olek.

"Siamo al sicuro qui?" aggiunge Lilian, il cui volto è così spaventato da sembrare smunto.

Questo non è parte del programma di Isola Verde. Stiamo mandando la sicurezza alla vostra posizione.

Cazzo. Tutti si scambiano uno sguardo.

"Fra quanto?" sussurra Lilian.

Curtis e il resto della Squadra Ricostruzione entrano di corsa. "Sono arrivati," dice Curtis cupo. "Stanno andando verso le serre. Mi spiace, squadra di Scott." Kara lo guarda male, in cerca di sarcasmo, ma Curtis si limita ad avere un'aria stupita; non è rimasto nulla della sua spavalderia. "Per noi è finita. Game Over."

Lilian inizia a piangere.

Kara vede Scott trasalire, le sopracciglia serrate dal dolore, mentre il primo tintinnio di vetri rotti si diffonde per l'isola. Deglutisce a fatica, con la gola che si ribella. "D'accordo, le serre hanno abbastanza prodotti da tenerli occupati per un po'. Magari fino all'arrivo dei soccorsi, però dopo verranno qui. Dobbiamo nasconderci."

Una cosa è sospettare il peggio, un'altra è sentirselo dire a voce alta da una persona equilibrata. Il panico si scatena in pochi secondi, la stanza si riempie di respiri affannosi e trementi. Kara si sente subito come se fosse tornata nella serra, e faticasse a respirare l'aria satura.

"Questa stanza non ha una porta, né un modo di barricarsi," dice Naoko, sempre pratica. È seduta accanto a Silas, che è accasciato sotto una delle applique, mentre si tiene un impacco di grasso sulla tempia. Della materia catramosa gli sbuca dalla frangia grigia e una scia di nero gli riga una guancia: sangue, ma non fresco.

Kara ricorda di non aver mai assistito alla fine dell'incontro tra Naoko e Silas e i quattro motoscafi. Cos'è successo là fuori sull'acqua?

"C'è una grossa sauna... una specie di stabilimento balneare," dice Curtis. "Niente finestre. Si può chiudere a chiave. C'è spazio per tutti."

Il voto è unanime. Cominciano a muoversi.

"Che è successo?" chiede Kara a Naoko mentre si uniscono alla fila che passa davanti a una sala da pranzo crepata e con i segni dalla marea.

"Gli abbiamo detto che oggi non potevano lavorare per noi."

"Sui filari di alghe?"

"Sì. Nel caso in cui l'acqua non fosse sicura. Non l'hanno presa bene".

"Davvero."

Silas geme e inclina la testa avanti e indietro come se si stesse togliendo l'acqua dalle orecchie o testando la sua colonna vertebrale. "Credo sia stata una questione di lingua. Forse ho detto qualcosa di scortese o mi sono mosso in modo sgarbato o ho incrociato lo sguardo quando non dovevo farlo... Non lo so. Forse hanno pensato che intendessimo per sempre. Forse hanno pensato che non avessimo intenzione di condividere."

Il pavimento si trasforma in ampie piastrelle di ceramica sotto i loro piedi, il colore rosa del deserto oscurato dal sale e dalla sabbia della spiaggia polverosa. Oltrepassano una cucina, poi un settore docce, una piscina coperta asciutta e diverse saune private.

Di sicuro, condividere il raccolto di alghe non è stata l'unica cosa che ha tenuto a bada il disastro.

Nell'oscurità, le parole di Kara a Curtis le tornano in mente: Voi proteggete il vostro perimetro con le armi e le barche; noi scegliamo la sicurezza attraverso la generosità e il lavoro.

No. Proprio no.

Si sente un cigolio tormentato di cardini arrugginiti dalla salsedine mentre Curtis apre una pesante porta di legno nel corridoio per rivelare uno stabilimento balneare. Non c'è acqua. Le pareti sono coperte di muffa, dove le piastrelle verde mare sono state fracassate e rubate.

Entrano di corsa e prendono posto intorno al bordo della grande vasca, rabbrividendo tutti insieme appena Curtis chiude la porta e la serra, gettando la stanza nel buio più totale.

Kara trova Scott. Si stringono e capiscono di tremare entrambi. Lei percepisce l'odore della paura di Scott, come senza dubbio lui sente quello di lei. Lui la cinge con le braccia e preme le labbra sui suoi capelli irti di sale.

"Mi dispiace per i capelli sporchi," mormora Kara.

"Scusa tu se puzzo di concime," risponde lui.

"Non puzzi di concime!"

"Ah, allora devi essere tu," prova a scherzare lui: la sua risata da spasmo nervoso le arriva come un soffio d'aria tra i capelli.

"Non devi cercare di farmi sentire meglio," dice. "Il solo fatto che tu sia qui basta." Lei avvicina il viso a quello di lui e le loro labbra s'incontrano nell'oscurità. Lui sa di salamoia.

"Non è così che mi aspettavo che andasse il nostro primo appuntamento," mormora Scott. "Una giungla romantica seguita da una fuga all'impazzata e da un po' di nascondino. È come un appuntamento a Jurassic Park. Non ti ho nemmeno preparato la cena."

"Ho ancora il pomodoro."

"PIL totale della Squadra Miglioramento: un pomodoro," ironizza lui tristemente. Sospira e le dà una stretta. "Per quello che vale, penso che la tua squadra abbia vinto. Non credo ci si possa aspettare che le serre durino in caso di crisi." Fa una pausa e, nel silenzio, Kara s'immagina lo schianto del vetro, la caduta dall'alto di tutti quei frammenti giganteschi che catturano la luce solare e riflettono l'oceano mentre precipitano. "Se bastano una pietra e un po' di rabbia, che speranza ci sarebbe in un luogo con rivolte per il cibo, bombe e gente disperata e disposta a tutto per una sola caloria per il proprio bambino? Nessuna misura di sicurezza impedirebbe loro di abbattere una recinzione, di assalire un posto di guardia..."

Da qualche parte nell'edificio, si sente un botto. Il cuore di Kara le balza in gola. Le braccia di Scott la stringono. Dall'altra parte della stanza, Lilian ha tremito di terrore.

"Piantala," sibila Olek. "Stai spaventando tutti."

Seguono altri colpi. Rumore di saccheggi e devastazioni. "Che pensi stia succedendo là fuori?" sussurra Kara. "Forse stanno smontando le telecamere."

Un rettangolo blu s'illumina mentre Naoko prova a usare il telefono. La luce si riflette su due rivoli di lacrime. "Nessun segnale."

La luce si spegne.

Qualcuno sta sbattendo qualcosa in cucina, potenti boati che echeggiano attraverso le pareti del loro nascondiglio. Dei passi risuonano lungo il corridoio, producendo lievi rumori striscianti contro la ceramica. Kara pensa alla sabbia, alla scia che tutti quanti si saranno lasciati dietro.

Stanno aprendo ogni porta che superano. I cardini urlano mentre vengono mossi per la prima volta dopo anni. Riecheggiano urla che fanno vibrare i nervi.

Qualcosa di metallico e pesante sbatte contro la ceramica, emette un suono trascinamento arrugginito e stridente che si infrange a ogni metro e mezzo sullo stucco delle piastrelle. Qualcuno trascina un palo?

No. Un machete.

La porta della sauna accanto si apre con un grido che fa tremare il muro dietro Kara.

Lei emette un singhiozzo soffocato, sente la mano di Scott coprirle la bocca. "Shhh-hh." Ansima lui. "Oh, cazzo."

Dei passi si fermano davanti alla porta dello stabilimento balneare. La maniglia cigola e resta bloccata. Un tonfo fa tremare la porta mentre una spalla la sfonda. Chiunque sia dall'altra parte chiama in fondo al corridoio e il significato sarebbe chiaro in qualsiasi lingua: "Presto, venite. Sono qui dentro."

La chiamata viene trasmessa con eccitazione in tutto il resort. Piedi nudi corrono verso la loro posizione, trotterellano sulla ceramica. Kara ha le guance bagnate di lacrime e non riesce a trattenere Scott, a stringerlo tra le braccia: *ti ho appena trovato e adesso stiamo per morire.*

La porta e la stanza sono rivestite di legno. Basterebbe un incendio per farli uscire fuori: il biodiesel di Tomaso è colato sotto la porta e una fiamma l'ha inseguito come fosse un terrier.

Uno sparo fa tremare la porta. Stavolta urlano tutti. Lilian e una delle donne della Squadra Ricostruzione iniziano a piangere in modo isterico, mettendo i nervi di ciascuno a dura prova. Ma nessuno le zittisce. È inutile nascondersi ormai.

I passi si dirigono verso la porta.

Nella stanza cresce la puzza acida di piscio.

Un secondo colpo. Un secondo grido di paura. E un terzo. Un piccolo spiraglio di luce appare dalla porta.

Si sente uno sferragliare dall'alto, un aereo sorvola il resort a bassa quota: il tonfo sordo dei rotori. E poi un secondo e un terzo. Grandi elicotteri.

"Oh, vi prego, siate dalla nostra parte," sussurra Scott.

I piedi fuori dalla porta si allontanano e si muovono in fretta. Presto, tutto è silenzioso. Stupore. Aspettano nell'oscurità finché qualcuno colpisce la porta dicendo che è sicuro uscire, che Isola Verde li sta rimandando a casa. Che il vincitore verrà annunciato non appena i giudici avranno finito di deliberare.

"Un vincitore?" dice Tomaso incredulo. "Ci sarà ancora un vincitore dopo tutto questo?"

"Anche il fallimento insegna," risponde Naoko, sempre pratica. Le tre squadre si affacciano su un'isola quasi spoglia, dove sono rimaste solo alcune macchie di finocchio marino e una distesa di lupini. Le barche sono tutte sparite, le ombre scure si ritirano sul mare scintillante.

"È come il primo giorno... quando abbiamo iniziato," fa Scott, passandosi una mano tremante tra i capelli. L'umidità e il sudore hanno reso i suoi ricci tesi ed elastici; gli si impigliano alle dita come una rete da pesca.

Lungo il pendio, le serre sono state tutte sventrate, i vetri in frantumi riflettono il tramonto come oblò su un mondo parallelo. Non è rimasta nemmeno una pianta di pomodoro.

"Tutta quella fatica." Scott socchiude gli occhi come se non potesse crederci, il suo volto è sul punto di cedere, e Kara si rende conto che sta lottando per rimanere integro.

Olek piange a dirotto, anche Kendra, visto che le serre erano tutte sue.

Lilian si è messa addosso un tappeto, il volto sbiancato

e immobile per lo shock; viene soccorsa dai soldati malesi inviati da Isola Verde per salvarli.

Vengono avvolti con le coperte e poi fatti salire sugli elicotteri, che li portano via sul mare.

Scott è seduto accanto al finestrino e la testa di Kara è poggiata alla sua spalla. Lo sente teso, lo guarda spingere la fronte contro il vetro, sforzandosi di vedere l'acqua.

"Che c'è?"

Lui fa una risatina ammirata. "Guarda tu stessa."

Kara si slaccia l'imbracatura e si arrampica su di lui, spingendo il viso contro il vetro.

"Vedi le isole?"

All'inizio, non riesce a vedere nulla oltre la scia arancione del tramonto che scende sull'oceano. Ma poi scorge le linee bianche delle onde che delimitano un insieme di isolette. Stanno ancora volando basso. "Sì, le vedo."

"Di che colore sono?"

"Bianche. Sabbiose."

"Davvero? Guarda ancora."

E stavolta Kara guarda meglio e vede la tonalità verde-rosata della sabbia ricoperta di finocchio marino. E intorno, l'anello verdastro e morbido delle alghe nelle acque poco profonde, è troppo uniforme, troppo perfetto: una fattoria di alghe.

"Non ci posso credere." Il suo respiro appanna il vetro. "Non le stavano mangiando! Scott, non le stavano mangiando!"

"Com'era quella storia? 'Dai a un uomo un pesce e mangerà per un giorno?' Avete condiviso le risorse che avrebbero potuto usare per coltivare da soli. Direi che il tuo progetto di riabilitazione ha vinto, Kara," mormora Scott. La bacia sulla guancia e l'aiuta a rimettersi l'imbracatura. "E continuerà a vincere anche dopo che la nostra presenza sarà cancellata dall'isola di Mabul."

Pony e Mucca

Di Alda Teodorani

Alda Teodorani ha esordito con il racconto Non hai capito *in* Nero italiano: 27 racconti metropolitani *(1990) e ha pubblicato il suo primo romanzo,* Giù, nel delirio, *nel 1991 per Granata Press. Fondatrice del "Gruppo 13," con Carlo Lucarelli, Loriano Macchiavelli e Marcello Fois, ha partecipato alla famigerata antologia* Gioventù *cannibale (Einaudi, 1996). Autrice di culto dell'horror-noir italiano, ha al suo attivo più di duecento pubblicazioni tra romanzi, racconti, saggi e traduzioni. Ha scritto per i fumetti e il cinema, ha realizzato pubblicazioni intermediali, ha co-prodotto dischi e riviste. Svolge una intensa attività di editing e traduzione e scrive saggi New Age sotto pseudonimo. Insegna scrittura creativa. I suoi lavori sono tradotti in francese, spagnolo e georgiano. Potete trovarla più o meno su tutti i social e sul suo sito* www.aldateodorani.it

Bue: Che sorta d'animale era?

Cavallo: Mia nonna mi disse che era una scimia.
Per me aveva creduto che fosse un uomo e questo m'avea
messo una gran paura.

Bue: Un uomo? Che vale a dire un uomo?

Cavallo: Una razza di animali. Non hai saputo mai quel-
lo che erano gli uomini?

Bue: Non gli ho mai visti

Cavallo: Neanch'io gli ho visti.

Bue: E dove si trovano?

Cavallo: Non si trovano più, che la razza è perduta, ma i
miei nonni ne raccontano gran cose
Giacomo Leopardi, Dialogo tra due bestie

1.

Il pony senza un piede aveva una buffa andatura e ci si poteva stupire, guardandolo, di come riuscisse a non cadere. Magro era magro, al punto che sembrava un telo di plastica bianca gettato su un mucchio d'ossa, o meglio ancora su una struttura di metallo per costruire un cavallo di cartapesta.

Stava lentamente lasciando la città di Roma. Era ormai passato molto tempo da quando la sua famiglia adottiva se ne era andata, c'era poco da sperare che tornassero a prenderlo.

"Lascia stare il pony," aveva detto l'uomo alla donna, mentre salivano sul camion insieme agli altri animali: due cavalli, due gatti e due cani, "ormai Letizia è grande, non le interessa quel rottame. E poi quando arriveremo lei non ci penserà più, con tutte le novità che ci saranno. Andiamo, su. Le navi non aspettano."

Letizia era la bambina di casa. Quando era salita sul camion piangeva tanto forte che non si era nemmeno guardata attorno. Il pony non poteva vederla in faccia a causa della maschera antigas che lei indossava ma l'aveva sentita strillare finché il camion non si era mosso e aveva svoltato l'angolo del muro di cinta, sparendo poi dalla sua vista. Si era illuso, però, che piangesse per lui.

Lì attorno, come scaturite dall'etere, centinaia di sirene laceravano l'aria e voci registrate continuavano a urlare di raggiungere le navi.

Pony aveva vagato giorni, mesi, anni e decenni per la città. Durante tutto quel tempo – da quando la sua famiglia lo aveva abbandonato come un vecchio giocattolo rotto – non aveva mai smesso di girare per le strade di Roma.

Non era rimasto nemmeno un umano in città e mentre nell'aria continuavano a risuonare le sirene che nessuno avrebbe mai spento, e che non si sarebbero spente finché non si fosse spento il sole, si era avviato lungo la strada che portava al mare, verso il luogo da dove un centinaio di anni prima erano partite le navi dirette su altri pianeti.

2.

Quando, nei primi anni del Novecento, un nobile del posto decise di risanare le terre attorno a Torre in Pietra e ristabilirvi gli allevamenti di mucche da latte, forse già conosceva la leggenda di Pagliaccetto. O forse no. Di fatto erano passati molti anni da quando il vaccaro Pagliaccetto aveva costruito la sua torre di pietra e novantanove fontanili nei pressi di Roma. Nonostante il suo potere di dominare gli animali, aveva perso la sfida contro il porcaro Pocaciccia che consisteva nell'addomesticare due tori selvaggi e aggiogarli con un aratro per tracciare il solco più dritto. La sua arroganza e la convinzione di vincere lo avevano tradito.

Pagliaccetto, per la vergogna, aveva diretto le sue vacche verso il mare e si era immerso nelle acque del Tirreno, inabissandosi insieme alla mandria.

Ora, molti secoli dopo, la torre di Pagliaccetto era stata restaurata, le terre attorno risanate, erano state costruite nuove stalle ed era stata avviata la produzione di latte.

Nel periodo in cui Pony fu abbandonato, le stalle erano già state riacquistate da qualche decennio da un discendente degli antichi proprietari della tenuta, che aveva fatto fortuna grazie a una compagnia di software.

L'uomo, che non aveva figli né parenti, tornato dagli Stati Uniti con una marea di soldi, aveva deciso di stabilirsi in campagna e produrre formaggi. Grazie alle sue competenze, aveva dotato le stalle di sensori e braccia meccaniche, sistemi di pulizia e di smaltimento automatizzati che provvedevano a trasformare il letame in concimi per la tenuta.

I vitelli a cui sarebbe spettato il latte delle vacche venivano macellati e trasformati in mangime per le loro stesse madri, e le mucche che non producevano più latte subivano la medesima sorte. Altri mangimi vegetali provenivano dalle coltivazioni della tenuta. Durante la bella stagione le mucche uscivano nei campi recintati tra le dolci colline.

Il padrone amava dire che avrebbe portato avanti l'azienda senza nessun dipendente e che tutto doveva poter funzionare da solo. E, in effetti, c'era riuscito: le stalle e la produzione di latte e formaggi erano del tutto automatizzate grazie all'energia solare ricavata dal grande faro che un tempo era stato un serbatoio d'acqua. Droni e robot inservienti facevano il resto.

Poi, un giorno, l'uomo non si era più alzato. Era morto così, pacificamente nel suo letto, come un computer che viene spento e chiude con lentezza tutte le sue applicazioni ma senza che nessuna memoria fosse salvata: la sua memoria, quel che avrebbe lasciato al mondo, mentre lui si spegneva, era fuori, frammentata in centinaia di esemplari, a ruminare sui prati.

3

Nel momento in cui Pony aveva deciso di lasciare Roma, Mucca, uno dei pochi rimasti di quegli esemplari, si trovava sul prato antistante l'allevamento, che confinava con la via Aurelia. Aveva provato ad andare verso le cime coperte di neve, che le sembrava di poter raggiungere agevolmente. Il suo visore di realtà aumentata alimentato a celle solari le faceva credere di essere circondata da enormi foreste di abeti e intorno a lei vedeva altre mucche pascolare, di tutti i colori dell'arcobaleno, erano gialle, azzurre, arancioni... ma non vedeva più suo figlio Vitellino. Forse lo avrebbe ritrovato quando fosse tornata alla stalla ma le piaceva stare lì, l'aria era tersa e più giù c'era un fresco ruscello dove sarebbe potuta andare a bere.

Eppure l'erba sapeva di polvere e se cercava di dissetarsi al ruscello lambiva solo il terreno sabbioso. Il panorama che vedeva attorno a sé era splendido ma proveniva soltanto dal visore R/A. Era sorvegliata da un drone collegato tramite sensori al grosso collare GPS che le impediva di allontanarsi dall'allevamento: appena tentava di farlo, il collare vibrava e quando si avvicinava troppo al recinto arrivavano le scosse elettriche, sempre più intense, finché non capiva che l'unico modo di evitarle era cambiare direzione.

L'allevamento era pieno di topi e di piccioni che si nutrivano del mangime arricchito con integratori fornito regolarmente dai robot. Gli automi erano programmati per continuare a farlo ogni volta che le mangiatoie si svuotavano oltre un certo limite e lo avrebbero fatto per sempre.

La fattoria, con l'andar del tempo, era diventata la meta dei gabbiani reali provenienti dai due laghi, ormai gli specchi d'acqua erano pieni di cormorani che divoravano pesci e bisce, in diminuzione a causa dell'acqua sempre più calda: non c'era più cibo per tutti. I gabbiani davano la caccia a ogni piccolo volatile e a ogni roditore che capitava loro a tiro e avevano abbattuto anche alcuni droni di sorveglianza, scambiandoli per prede o concorrenti.

Ma il drone che controllava Mucca si era salvato. Almeno fino a quel momento. Fin quando non era arrivata l'aquila, una discendente di quella che volava sugli stadi pieni di umani urlanti, qualche secolo prima. Ma nei suoi geni c'erano anche altri ricordi: le sue antenate utilizzate per la caccia e l'abbattimento di droni illegali, o le battaglie clandestine tra aquile e droni armati, organizzate in tensostrutture private o centri commerciali abbandonati prima che gli umani se ne andassero. Che si trattasse di campi morfici[4] o di coscienza

---

4 Vedi Rupert Sheldrake, *La mente estesa*, pag. XII, Apogeo Editore, 2006, ISBN 978-88-503-2462-0.

collettiva, l'aquila si scagliò sul drone e lo spennò strappandogli le eliche e facendolo cadere a terra, dove lo finì con alcuni colpi di becco bene assestati.

4.

Pony vide Mucca in mezzo alla strada. Aveva davvero uno strano comportamento: si fermava a mordere l'asfalto, si spostava un po' più in là ad assaggiare la strada, gli pareva del tutto spaesata. Forse era colpa degli occhiali che portava, pensò Pony.

Inquadrò il visore di Mucca, quindi fece una ricerca in rete e capì di cosa si trattava. Caracollò verso di lei e le si avvicinò. Non sembrava essersi accorta della sua presenza, e prima che potesse spostarsi, afferrò coi denti la cinghietta del visore e diede uno strappo.

Mucca sentì la testa ondeggiare, le cime montuose sparirono e si trovò di fronte ai grandi occhi viola di Pony. Non aveva mai visto una creatura così.

Si guardò attorno. Si trovavano in mezzo alla strada vicino alla fattoria che conosceva bene. Sulla facciata bianca dell'edificio campeggiava il disegno di una testa di mucca.

Pony osservò Mucca con simpatia. Sapeva tutto di lei, ne aveva visto tante volte l'immagine sulle confezioni di latte che si beveva in famiglia, sul tablet della piccola Letizia, ne aveva perfino proiettato sul muro della sua cameretta le immagini olografiche grazie al proiettore integrato nei suoi occhi, le sere in cui raccontava alla bambina le storie della buonanotte.

Il linguaggio bovino era semplice da riprodurre per Pony. Aveva trovato online moltissime sequenze verbali che poteva modulare con il processore vocale.

PONY: ciao, piacere di conoscerti!

MUCCA: tu chi sei?

PONY: sono un amico, mi chiamo Pony.

Mucca pareva non avere molta voglia di parlare per cui si diresse verso la stalla.

Pony la seguì e la vide bere a lungo da un rubinetto da dove l'acqua aveva cominciato a scorrere appena lei si era avvicinata.

La stalla era deserta, le mucche erano tutte fuori sulle colline attorno. Pony si avvicinò al rubinetto per curiosare, ma senza alcun bisogno di bere. La zampa con il piede mancante strisciò sul cemento e perse una vite.

MUCCA: perché sei senza un piede?

PONY: la bambina di casa voleva vedere come era fatto e così l'ha smontato ma non è più riuscita a riattaccarlo. Poi suo padre le ha regalato un cucciolo ed era talmente piccolo che lei gli doveva dare il latte col biberon. Dopo non si è più occupata di me. Alla fine sono partiti e non li ho più visti.

Pony proiettò per Mucca le immagini del giorno in cui lo avevano abbandonato e quelle della mattina dopo: i razzi che si alzavano e poi si perdevano nel cielo.

Mucca non aveva capito molto di quel che lui le aveva detto; aveva visualizzato le immagini olografiche ma adesso aveva altro a cui pensare: Vitellino.

Si guardò attorno. Niente.

Passò nella stalla adiacente, non c'era nessuno.

Si volse verso Pony.

MUCCA: hanno portato via mio figlio.

PONY: dove lo hanno portato?

MUCCA: Non lo so. Vieni con me a vedere.

Mucca condusse Pony alla postazione di Vitellino e lui esaminò tutto. Sul muro, c'era una placca di metallo con un QR stampato in rosso. Pony si collegò. Mucca vide le stringhe di dati che scorrevano nei suoi grandi occhi viola.

Forse non era tutto perduto. Pony alzò il muso e puntò lo scanner verso il logo della stalla stampato sul muro. Poi crollò la testa, come se non volesse mostrare a Mucca i risultati delle sue ricerche. Taceva, quasi stesse esaminando il terreno in cerca di qualche bullone che poteva avere perduto.

MUCCA: Allora?

PONY: Lo hanno portato al macello stamattina con il trasporto comunitario teleguidato.

Mucca non commentò. Non aveva la possibilità di connettersi al web, ma sapeva dell'esistenza del mattatoio, la storia di quel luogo infernale era stata trasmessa da un drone clandestino. Il drone, che portava sulla scocca il simbolo della pirateria, aveva sorvolato più volte la stalla craccando tutti i ricevitori dei visori R/A del bestiame e trasmettendo terribili video prima di essere abbattuto dai droni della fattoria.

MUCCA: Dobbiamo salvarlo. Forse siamo ancora in tempo.

E mentre parlava, aveva ripensato alle immagini che Pony le aveva mostrato.

MUCCA: Gli uomini sono andati via tutti?

Pony aveva assentito chinando la testa, la lunga criniera di cordelle che toccava il selciato.

PONY: Non è distante, andiamo.

5.

L'ultimo mattatoio ancora in funzione a Roma prima che gli uomini lasciassero la Terra era gestito solo dai droidi e, sebbene dovesse rifornire l'intera città, ormai si macellavano ben pochi esemplari. La riduzione degli allevamenti per diminuire l'impatto sull'ambiente, la diffusione delle stampanti alimentari, la consapevolezza sempre maggiore tra la gente e di conseguenza un minore consumo di carne, avevano migliorato la situazione.

Dalle immagini viste sul web, tuttavia, Pony si aspettava un luogo di massacro, urla e pianti, sangue ovunque. Cominciò a rallentare quando passarono davanti alla più grande discarica della città. Ideata sul modello del Testaccio, o su quella del secolo precedente a Bologna, era costituita da varie colline con dei crateri al centro. Ognuna delle colline era circondata da una strada che ne percorreva le fiancate, sulla quale si arrampicavano camioncini a guida autonoma.

Non voleva vedere vitellini uccisi e non voleva vedere Mucca piangere. Poi, invece, vide le scimmie che, con dei buffi carretti, scendevano dalla collina. Aguzzò lo sguardo e notò quello che trasportavano: bottiglie di latte. Cibi confezionati. Pezzi di plastica e di metallo.

Cosa ci facevano le scimmie lì? Le conosceva dalle immagini che proiettava per Letizia quando le raccontava il libro della giungla ma queste erano diverse...

Le scimmie. Coi loro carretti, si dirigevano verso il mattatoio. Da lontano si cominciarono a sentire dei muggiti. Mucca prese a trottare. Pony le stava dietro a stento, le urlò di aspettarlo ma lei ormai non lo ascoltava più.

Poi, di colpo, dall'inizio della strada che scendeva al macello, Pony vide tutto.

Decine di vitellini stavano in fila, ma non erano lì per essere uccisi. Le scimmie li stavano nutrendo col latte che in precedenza era stato rubato alle loro madri negli allevamenti: l'industria casearia era andata avanti da sola grazie ai sistemi automatici ma i prodotti non consumati erano inviati alla discarica, dove le scimmie li avevano recuperati.

Mucca si era fermata accanto al recinto e stava leccando furiosamente la testa e gli occhi del suo Vitellino.

Pony avrebbe sorriso, se avesse potuto farlo. Si era avvicinato zoppicando a una delle scimmie che, ferma accanto a un gabbiotto di vetro, stava esaminando alcuni pezzi di metallo. Pony li scansionò: erano i resti di un drone, su uno dei pezzi c'era stampata l'immagine di un teschio.

PONY: Ciao sono Pony, come ti chiami? Da dove vieni? Che stai facendo?

Era il suo modo di fare il simpatico quando si sentiva confuso.

SCIMMIA: Separo i metalli e la bioplastica per la stampante 3D. Devo ristampare... qualcosa.

Pony era rimasto stupito di sentire parlare la scimmia, che teneva la testa bassa e non lo aveva nemmeno guardato. Poi la scimmia aveva buttato in due diversi bidoni i materiali e gli si era avvicinata.

Pony aveva fatto un passo indietro, temendo che volesse saltargli addosso, e aveva barcollato. Lei si era chinata e aveva toccato la sua zampa monca. Pony aveva sentito un lieve pizzicore. Poi la scimmia si era rialzata e, nei suoi grandi occhi viola, Pony aveva visto scorrere una stringa di dati e un lieve bagliore rosso giù, in fondo.

Allora si era reso conto che loro due erano uguali.

SCIMMIA: Adesso, per esempio, con uno di quei pezzi ti posso ricostruire il piede.

Gli aveva appoggiato la mano, quella mano che lo solleticava, sul collo e lo aveva guidato verso la struttura di vetro. E Pony aveva capito che, da quel momento in poi, le cose sarebbero potuto andare soltanto meglio.

Indice

Formattazione e impaginazione di Alda Teodorani
Illustrazione di copertina di Ebe Paciocco

www.ingramcontent.com/pod-product-compliance
Lightning Source LLC
Chambersburg PA
CBHW010428120726
47992CB00010B/3367